オラ！メヒコ

田口ランディ/AKIRA

角川文庫 13840

JN266294

〈目　次〉

本文中写真／塩崎庄左衛門

メキシコに行こうぜ！

田口ランディ

こんなにこんなにメキシコが好きになるなんて、旅に出る前は思いもしなかった！

「いったいメキシコのどこがそんなにいいわけ？」（読者の声）

う～ん。そうだなあ、もともとメキシコに行こうと思ったのは、友人のアキラの影響。メキシコ旅行から帰ってきたとき、あいつったらすごく得意そうに自慢するんだ。

「メキシコは最高だぜ。ランディもぜったい一度メキシコに行くべし」

「ほんと～？」

「メキシコはメシがうまい、安い、早い。タコスなんか百円で四個も買える。そのタコスのうまいことったら。ピリッと辛くて具がいっぱい。肉汁がじゅうっとしたたって、おまけにヘルシーときたもんだ」

「うわ～（よだれ）」

「溢《あふ》れんばかりに積まれたフルーツ、メキシコのジュースはみんなフレッシュ、生だよナマ。立ち並ぶ屋台にはあつあつのトウモロコシ、あげパン、餅《もち》菓子、買い食い天国、ビールはコロナ」

「たのしそ〜！」

「芸術の国だからね、おみやげものもいっぱい。かわいい刺繍《ししゅう》のブラウス、草木染めの織物、陶器、宝石、どれもこれもランディがぜーんぶ買い占めたくなるほどキュートなデザインだ」

「きゃ〜！」

「そして、男たちは愛を歌い、女たちは踊る。毎日がカーニバル、夜更かし大歓迎。テキーラ乾杯、遺跡がいっぱい、カフェはお洒落《しゃれ》、そしていまや観光国となったメキシコは治安もいい」

そこまで言われたら、行きたくなっちゃうよね。しかも彼はメキシコですごい幻覚体験をしたという。シャーマンのセレモニーに参加して世界一と謳《うた》われるウアウトラのマジックマッシュルームを試したのだそうだ。

「天使のように優しいんだよ、メキシコのマッシュルームは。ああ、なんと至福のときだったことか……」

「行く、行く！　あたしも絶対に行く。メキシコ」

……というわけで、アキラをガイドにしてメキシコ遠征隊が組まれた。

田口ランディ、アキラ、角川書店の編集者タッキー、そしてカメラマンの大将。

実は不安神経症で常に下痢気味の私、団体旅行が初めてのアキラ、海外取材が初めてのタッキー、そして過労で倒れて救急車で運ばれた病み上がりの大将。みんなそれぞれ胸に一抹の不安を抱えつつも、顔は笑って成田に集合した。この四人のほにゃららなメンバーで、一路、憧《あこが》れのメキシコへ旅立ったのだ。

長い旅をしながらムカつくこともあった。抱き合って泣いたこともあった。怪我をして助け合い、お互いのダメなところを許し、いいところを褒め合って、ちょっとした青春映画みたいな旅だった。毎晩、テキーラを飲んだ。タコスも食べた。マジックマッシュルームも体験した。でも、いま振り返ってみるとメキシコの旅で、一番印象的なのは、それぞれにヘコんだこと。みんなヘコんだんだよね。自分のダメさを思い知って。

人ってそれぞれに生き方とか考え方のクセみたいなものがあって、知らず知らずのうちに、そのクセでもってすごく堅苦しく人生を捉《とら》えているの。

四人で旅をしていて、私たちは自分のクセに気がつき、それを指摘されてびっくりして思いきりへコんだ。そして、毎日「自分っていったいなんだろう?」って考えていた。

夜行バスに揺られながら、遺跡をめぐりながら、星空を眺めながら、生きる意味を考えていた。

あんなに考えることができたのは、メキシコの大地の力だと思う。

メキシコの大地は、なぜか人をシュールリアリズムの世界へと誘う。

心の深いところまで、降りてゆける。

この本は、ちょっとスピリチュアルなメキシコのガイドブックです。

メキシコは、精霊が見る夢の大地。

読めばきっと、あなたもメキシコに行きたくなると思うよ。

1
メキシコシティ

おもちゃ箱の都へようこそ！――AKIRA

「メキシコ人て、なんで自殺しないのかなあ」

ランディは三重構造になったアクリル窓から雲をながめている。たしかに日本の自殺率は実質世界一で、メキシコは最低レベルだ。

「そんな大問題いきなりふられてもわかんないよ」

われわれ四人をのせたアメリカンエアライン1653便はダラスでの乗り換えを経てメキシコシティへむかっていた。

「だってアキラも去年メキシコから帰ってきたらあんな元気になってたじゃん。出発前は死にそうな顔してたわよ」

僕は九年前に母をガンで亡くし、去年父を心臓麻痺《まひ》で亡くした。

朝起きれば父がこたつに座っているんじゃないかとふすまを開けるが、誰もいない。ただいまと声に出して帰っても、もちろん誰も答えなかった。いっしょに食べる人がいない食事はのどをとおらない。家族の幻影を見るまで憔悴《しょうすい》し、十キロほどやせた。

ちょうどそのころランディたちが会いにきてくれた。ランディは決してなぐさめや同情の言葉をかけたりしない。ただなにげない言葉の端々から自分を気づかってくれるのが痛いほどわかった。

「孤独は人と人を引きよせる引力みたいなもんよ」

たしかこんなことを言っていたと思う。ランディの言葉が僕の殻にひびを入れてくれた。どうせ孤独なら、もっと孤独になってやれとメキシコへ旅立ったのだ。

「まあ過去は忘れようぜ。あんな落ちこんだ顔、今まで誰にも見せたことないんだから」

恥ずかしさをごまかすためにハニーローストのピーナッツをランディに差し出した。

「だいたいアキラって強がりすぎなのよ。誰でも落ちこむときはあるんだから、もっと素直に弱いとこもさらけださないと」

「なんかやけにつっかかってくるなあ。その言葉、そっくりランディに返す」

「あたしはだいじょうぶよ、わがままにやってるから」

ランディの目は少し茶色がかっていて、柴犬《しばいぬ》のようにきょとんとしている。僕はそこになにがしかの不安を読みとってしまう。デビュー以来追い立てられるように走りつづけてきたランディを見てると、いつプッツリと糸が切れて倒れるか心配になる。そんなこと大きなお世話だし、会っても冗談ばっか言い合う飲み友だちだから口には出さない。気い遣いで、姉ご肌で、人前では豪快に笑いながらも、ひとりになるとどっと疲れてしまうタイプだ。

「ほんとかあ?」

ランディがメキシコにいきたいと言いだしたときには驚いた。さらに幻覚キノコの体験までしたいと言ったときには、腰を抜かすほどびっくりした。

だから二つ返事でガイドをオッケーしたんだ。こんな危なっかしい子犬をひとりでメキシコの大地に放りだすわけにはいかない。

「そんなことよりスペイン語教えてよ」

今度はランディが恥ずかしさをごまかすように言った。

「オラ」

「だから東北弁とかじゃなくて」

「オラは親しみをこめたあいさつだ。ブエナス・ディアス《おはよう》は午前、ブエナス・タルデス《こんにちは》は午後、ブエナス・ノッチェス《こんばんは》は夜っておぼえるより、オラは二十四時間つかえるから便利だよ」

「わたしは日本人ですは？」

「ソイ・ハポネス」

「ソイって沖縄民謡のかけ声みたいだし、ハポネスって、なんかまぬけー」

ランディの顔に笑顔がもどった。

「スペイン語でJはハヒフヘホ。ジャパンはハポンだからね」

「ハッハッ、ハポンって、もっとまぬけー」

「メキシコはメヒコって呼ぶんだ」

「……メヒコ。なんか女の子みたいにかわいい響きね」

「ようし、メキシコ人になりきるためにスペイン語の名前をつけてやろう。男の愛称は名前プラスＩＴＯ、女はＩＴＡで終わるのが原則だ」

「じゃあＡＫＩＲＡ＋ＩＴＯはアキリート？　明仁《あきひと》天皇みたいじゃん」

「よきにはからえ。ランディはそのままランディータだな」

「うわっ、むっちゃかわいい！」

「でしょ？　スペイン語は日本人にとっていちばん学びやすい外国語と言われてんだ。発音はカタカナのまんまだし、文法も規則的だしね。逆に発音が似ているから日本語とのトラブルがよくある。オレがマドリッドに住んでいるときにこんな話を聞いたよ。加賀まりこさんという女優が観光にきた。しかし加賀まりこさんは自分の名前をスペイン人に紹介したとたん、大爆笑されてしまったのはなぜでしょう？」

　神妙に辞書をめくっていたランディが笑い崩れる。

「わかった、カガはCAGARの三人称でCAGAだと彼女がウンコするになるのね」

「しかもマリコは俗語でマリコン。オカマという意味になる」

「あっはっは、んじゃ加賀まりこさんはセレブのパーティーで、私の名前はウンコするオカマですと紹介してしまったわけ」

「さすが言葉の魔術師、飲み込みが早い。とくに下ネタは」

いつもの陽気なランディにもどったことに安心し、窓の外を見る。機体は雲を突き抜け、赤い大地がどこまでも見わたせる。日本の五倍もある国土に、しがみつくように暮らす人々にまた会えるのだ。

自分にとっては二度目のメキシコだが、初恋の女性と再会するように胸がときめいてくる。前回は無我夢中で旅していたし、なにがどう自分を救ってくれたのかわからなかった。なぜこの国が生きる力をよみがえらせてくれるのか、それを知りたい。

「なんだか、汚いビルがいっぱい見えてきたわよ」

ランディは顔をしかめながらも好奇心に満ちた目で窓をのぞきこんでいる。僕はお気に入りのラーメン屋を絶対の自信をもって紹介するように言った。

「ああ、世界一クレージーな都会、メキシコシティだ」

「オラ！　メヒコ」

ランディが飛行機のタラップで叫ぶ。

ついにあこがれのメヒコに到着したのだ。東京の三分の二の面積にメキシコ全土の二十パーセントにあたる二千二百万人もの人口をつめこんだ世界最大の都市メキシコシティが手ぐすね引いてわれわれを待っている。

「チョビヒゲはいるかな？」

入国審査の列にならびながらカメラマンの大将が訊《き》いた。

「あっはっは、ソンブレロかぶったチョビヒゲなんて西部劇のつくりごとよ」

ランディが笑い飛ばす。

「いや、ぼくはアメリカ側からメキシコのティワナに二回いったことがあるんだ。一度目は貧しそうな子供がキャンディーを買ってくれってよってきたんで、一個だけ買ってやった。そしたら二十人くらいの子供に取り囲まれちゃってたいへんな目にあったんだよ」

大将は猪八戒《ちょはっかい》のように大柄な体に繊細な神経をもっている。

「二回目にいったときは違法入国しようとするメキシコ人と国境警備隊の銃撃戦を目撃した。まさにマカロニウエスタンそっくりのチョビヒゲだったよ」

大将は三ヶ月ほど前に大病で入院し、十日間の絶飲絶食で九十七キロあった体重が七十三キロに落ちてしまった。ダラス空港の入国でも、デブデブのパスポート写真とガリガリの本人がちがうと疑われた。三百本のフィルムをぜんぶ開けられたうえに一本一本ガーゼでウイルスチェックまでされ、たかが乗り換えのために二時間もかかった。

「病み上がりだし、マジで生きて帰れるか心配だなあ」

大将はメキシコの入国審査でもパスポートの写真と顔をジロジロ見比べられたが、今度は無事に通過できた。ベニート・ファレス国際空港には原色の看板に彩られた広告や店がならぶ。

「うわー、沖縄の空港みたい！　あのタコスのとこに『ちんすこう』とか書いてあってもおかしくないわ」ランディが言う。

「ちんすこうじゃなくて、せっかく地球の反対側にきたんだからもうちょっと感動的な表現してよね」

やっぱ日本とは空気がちがう。それぞれの店が勝手にCDデッキでメキシカン・ポップをガンガン鳴らしてるし、ラテンの陽気さが視覚や聴覚や嗅覚《きゅうかく》にまでしみこんで、わけもわからずワクワクしてしまうのだ。

あまりおそくならないうちにホテルへ着きたいんで、急いで両替をすませる。一ペソが約十二円なんで、ペソに0をひとつつけときゃいいだろ。

カートをおいて外に出ると、空はインディゴの闇におおわれていた。夜の空気は意外に肌寒い。メキシコシティは周囲を山々に囲まれた標高二千二百メートルの盆地なので、熱帯というイメージとはちとちがう。年間平均気温が十五度という避暑地なみの涼しさなのだ。

「『地球の歩き方』に夜のメキシコシティは危険だと書いてあったなあ。窓を破られて金をとられたり、タクシー強盗でキャッシングさせられたり……」

大将の言葉に、編集者のタッキーがすっとんきょうな声をあげた。

「あっ、忘れた！」

タッキーはまだ二十代の好青年である。細かいことにうるさい編集者が多いなか、小さなことにこだわらないタッキーは作家受けがいい。大らかというか、適当というか、よーするにいいかげんなのである。

「飛行機に『地球の歩き方』忘れてきちゃいました」

タッキーは自分のバックパックをくまなく捜すが見つからない。

「ガイドブックなしで、どうやって旅するんだよ」

大将はあきれながらタクシーに荷物を詰め込む。

「まっ、ガイドブックにない旅をしろってことよ」

ランディはおっそろしくあきらめがいい。

前途多難だなあ。オレはほとんどひとり旅しかしたことないし、四人の団体旅行なんてはじめてだ。しかもこのメンバーは団体行動にまったくむいてない。

われわれが乗りこんだワゴン車は、カトリックの国らしくフロントグラスにマリア様のシールが貼られ、「落ち着いて《トランキーロ》」と書かれた十字架がぶらさがっていた。

「オラ！」

ランディの元気なあいさつに太めの運転手がふりむいた。

「オラ、ボニータ（こんにちは、かわいこちゃん）。君たちはどこからきたんだい」

「ねえねえ、ボニータだって。ソイヤー、ハッピネスじゃなくて、ハポネス、ハポン、ハッポーン」

さすがセニョーラ・ランディータ、さっそくメヒコ人との円滑なコミュニケーションをはかっておるではないか。中年をすぎた運転手は無邪気にはしゃぐランディになにやらさしだした。

「カモーテというお菓子だよ。祭のときによく食うんだ」

黄色いかけらを分けてもらうと、もそっとした食感にサツマイモの甘さがひろがる。

「ソナ・ロッサ（新市街）のＣＡＳＡ　ＩＮＮホテルへお願いします」

運ちゃんはオレの言葉にいいかげんにうなずくと、ランディを見つめたまんま発進する。

おいおい、だいじょうぶかよ。

「ようこそ、メヒコへ。遠いハポンからきたお嬢《チ》ちゃん《カ》を歓迎するよ」

女好きで有名なメキシコ人のハートをランディはいきなりつかんでしまった。

「メヒコははじめてかい」

「シー、シー、はじめて、はじめて」

僕ははらはらしながらランディに耳打ちする。

「ハジメテって日本語は、alla mete＝じゃあ入れてに聞こえるから」

「入れて、入れて」

ランディは日本語ではしゃぐ。

「イレテは、y leche＝ミルクは精子って俗語だから」

「はっはっは、セクシーなお嬢ちゃんに歓迎の歌を捧《ささ》げるよ」

宇宙基地のような空港の明かりが遠ざかり、場末のバーに灯《とも》るビールのネオンやスラム街の裸電球が幻灯のごとく流れていく。

「これでも私は昔メキシコ国立歌劇場で歌ったこともあるんだ」

いきなり場違いなテノールがほこりまみれの窓を震わせた。

México Lindo　美しきメヒコ
Voz de la guitarra mía　私のギターの音は
al despertar la mañana　明日へ目覚める
quiero cantar la alegría　私は喜びとともに歌いたい
de mi tierra mexicana.　私の大地メキシコよ

おいおいなんなんだ、この展開。さっきまで苦笑いしていたわれわれは、大音量の美声に圧倒され、シートにへたり込んだ。

Quiero cantar sus volcanes　私は歌う　火山を
y sus praderas y flores　牧場や花々を
que son como talismanes　それらはまるでお守りのようだ
del amor de mis amores.　わたしの恋人たちの愛よ

México lindo y querido　美しきメキシコ　私の恋人よ
si muero lejos de ti　もし私があなたから遠く死んでも
que digan que estoy dormido　私を眠らせておくれ
y que me traigan aqui.　ここに連れてきて

大将はうらぶれた路地の夜景を絞りを開きっぱなしにして撮影している。僕は小声で歌詞を通訳する。

Que me entierren en la sierra　わたしを山に埋めて
al pie de los magueyales　マグジェレスの足もとに
y que me cubra la tierra　わたしを大地が覆う
que es tierra de hombres cabales.　それは祖先の大地だ

町なかの喧噪《けんそう》を走りながらもタクシーの中はオペラ劇場だった。ランディが魔法にかかったように聞き入っている。

México Lindo　美しきメヒコ
Voz de la guitarra mía　私のギターの音は
al despertar la mañana　明日へ目覚める
quiero cantar la alegria　私は喜びとともに歌いたい
de mi tierra mexicana.　私の大地メキシコよ

大きな拍手がせまい車内にこだました。タッキーが口笛を鳴らし、大将がフラッシュをたく。ランディは身じろぎひとつせず、つぶやいた。

「グラッシャス《ありがとう》」

ピザ屋の赤いネオンがランディのほおに反射する。泣いていたのだ。やっぱ今回のランディはちょっとおかしい。はじめての国で気持ちの浮き沈みが激しくなっているのかもしれない。

「ねえ、オペラ運転手さんに通訳して」

気持ちよく歌い終えた運転手はなにか悪いことでもしちゃったのかと、ランディの涙に戸惑っている。

「わたし、はじめてメキシコ……メヒコにきて、はじめてのメヒコ人からいきなり歌を聴かされたでしょ。まだ街も見ていないのに、なんか確信しちゃった。これからの旅でどんなひどいことがあっても、あなたの歌のおかげで、信じられる」

僕はランディのとぎれとぎれの声を通訳した。

「メヒコが大好きになるって」


「ちょっと提案があるの」

ランディが上唇についたオレンジジュースをいたずらっぽく舌でぬぐった。

「あたしたちはこれから二週間いっしょに旅するわけだけど、毎日同じツラばっか見てると疲れるじゃない」

新市街ソナ・ロッサ地区にあるカサ・イン・ホテルでたっぷり眠ったわれわれは、朝八時にロビーのカフェに集まった。カフェには各国からきた観光客たちが行き交い、スクランブルエッグやソーセージ、マッシュド・ポテトやトーストなどをほおばっている。

「疲れる疲れる、ぼくなんか自分のツラ見てるだけで疲れるよ」

十四時間の時差で眠れなかった大将がげっそりとコーヒーをする。

「そこで、ほめほめミーティングをしましょ」

男たちの顔に？マークが浮かんだ。

「一日の終わりに、それぞれがひとつずつメンバーのことをほめ合うの」

「ほめるところがひとつもないときは？」

自分で集合時間を決めておきながら遅刻してきたタッキーを僕は見た。

「むりやりほめる、なにがなんでもほめる。たとえばタッキーがガイドブックをなくしたおかげでタクシーを一台乗りすごし、あのオペラ運転手にめぐり会えたとか。大将がダラス空港で二時間も荷物検査させられたおかげで、あっさり税関をとおしてくれたメキシコに好意がもてたとかね」

一年中編集者やカメラマンと旅してるランディは、いろいろ苦労も多いだろう。ひとり旅しかしない僕には思いもつかないアイデアである。

「やりましょう、やりましょう。ぼくはあんまりほめてもらう機会がないので、うれしい提案です。ところで今日の予定はどうします？」

ふつうの編集者は事前に綿密なスケジュールを立て、むだなく作家を連れまわす。しかしそんな観光旅行などつまらないし、ありきたりなものしか書けない。ランディがタッキーを選んだわけがわかった。タッキーのいいかげんさ、ユルさを逆に才能として買っているのだ。

「あたしはどうしてもいきたいところがあるの」ランディが言う。

「もしかしてフリーダ・カーロ美術館か」

ランディが不思議そうに僕の目を見た。

「どうしてわかったの」

「いや、なんとなく。ランディの小説とシュールなところが似てるじゃん」

僕はあいまいに笑ってごまかした。ランディとは北海道や沖縄に旅したことがあるが、今回の旅はなにかがちがう。彼女がなにかを探しているのは感じるが、それがどんなものかはわからなかった。

「よし、あそこはちょっと郊外にあるんで、旧市街で腹ごしらえをしてから出かけよう。まずメヒコを知るには、僕たち自身が胃袋の内側からラテン化しないとね」


メキシコシティを足で感じようと徒歩で出発した。新市街ソナ・ロッサ地区の高級ブティックやデパートをすぎ、高層ビルが建ち並ぶレフォルマ通りを旧市街のソカロにむかう。スーツ姿のビジネスマンが闊歩《かっぽ》するオフィス街は東京となんら変わらないが、スモッグのせいか町中がどんよりと曇っている。

アラメダ公園をすぎると下町の活気がましてくる。電器製品や家庭雑貨、CDや楽器などの専門店、衣料品やアクセサリー、布地や製粉などの問屋が軒を連ねる。貧富の差が大きいメキシコで庶民の買い物は旧市街に集中する。

「なんか子供たちまでポマードつけちゃって、おしゃれよねえ。女性も髪型ばっちし決まってるし、男の人の靴もピカピカよ」ランディが言う。

ジーンズから半ケツだしてるアメリカ人とちがって、みんな身だしなみには気を配っているようだ。

「マカロニウエスタンのメキシコ人とはほど遠いイメージですね。なんか洗練されてるし、紳士淑女の国ですよ、メヒコは」

大将のコメントにタッキーがつけ足す。

「それに、ボニータ（かわいこちゃん）大国です」

国立王宮や大聖堂《カテドラル》に囲まれたソカロ広場には巨大な国旗がはためいていた。赤白緑にわけられた旗の中央にはアステカ族のシンボルである絵が描かれている。北方にいたアステカ族は夢で「蛇をくわえた鷲《わし》がサボテンにとまっている土地に国家を築け」と告げられる。十四世紀半ばに南下してきた彼らは、湖に浮かぶ島に蛇をくわえた鷲がサボテンにとまっている風景をここに発見したのだ。

彼らは湖の島にテノチティトランという壮麗な都を建設した。岸から三本の橋でつながれ、要塞《ようさい》としても理想の環境を整えていた。天然のゴミで少しずつ湖を埋め立て、ピーク時には二十から三十万人が生活していた。七十八もの神殿が建設され、各所に公衆便所が

MUSEO
FRIDA KAHLO

配置され、清掃も行き届いていたというから驚きだ。

「なに、なにあれ？」

ランディが広場にできた人だかりを指さす。近づくにつれ、力強い太鼓のリズムが内臓に響いてくる。インディオたちのパフォーマンスがおこなわれていた。ひたいにつけた青いドクロのまわりを放射状の羽で飾っている。翼を広げたイーグルを刺繡《ししゅう》した肩掛けを褐色の肌にまとい、木の実の鈴をすね飾りにつけて踊る。

「あたしたちを歓迎してくれる儀式じゃないの」

「んなわきゃないけど、ついた早々、ラッキーだな。インディオの儀式なんてなかなか見られないよ」

十六世紀にやってきたスペイン人はインディオをむりやりキリスト教に改宗させ、神殿を破壊した石材でスペイン風に町を建て直し、三百年にもおよぶ植民地支配を強要した。

一八二一年に独立したメキシコは、カリフォルニアやニュー・メキシコ、アリゾナを安値でアメリカ合衆国にもっていかれてしまう。

現在、人口の十パーセントを占めるインディオは、十パーセントの白人と八十パーセントのメスティーソ（白人とインディオの混血）に搾取され、最下層で暮らしている。「肌の白さで貧富が決まる」という現実が南米には根強く残っているのだ。

「なんか、変な気持ちになってきちゃった。妙ななつかしさがこみあげてくるの」

ランディは踊りから目をはなさずに言った。

「インディオも日本人と同じ祖先だからな。僕たちが赤ちゃんのとき、ケツに青痣《あおあざ》あんだろ？　あれ、インディオもいっしょなんだ」僕が答える。

「ほんと、あの女の人なんか近所のおばちゃんとそっくり」

メキシコシティはテノチティトランの廃墟《はいきょ》が眠る湖のうえに建っている。羽を振り、円を描いて踊るインディオたちは、石畳の下に眠る精霊たちをたたき起こす。太鼓のリズムが観客の心を揺さぶり、大きな拍手がおこった。リーダーは手にもった羽を太陽にかざし、スペイン語で祈りの言葉を唱える。

太陽神ウィチロポチトリよ、雨と豊穣の神トラロックよ、太陽の毛布は大地をあたため、雨は大地をうるおす。トウモロコシは大地に美しい髪を生やし、鷲も大地へ舞い降りて休む。老人は大地で物語を紡ぎ、子どもたちはかたわらで眠る。すべての者が帰りゆくメヒコの大地に祝福あれ。

僕が崇高な祈りに感動してると、タッキーがわきをつっつく。

「そろそろ胃袋をラテン化させましょうよ」

そこらじゅうにあるタコス屋台の中でも、サルサ（ソース）の種類がいちばん多い店を選んだ。漬けこんだ豚肉を鉄串に刺してぐるぐる焼くパストールもポピュラーだが、中心が丸く盛りあがった鉄鍋《てつなべ》でビステキ（牛のバラ肉《パラ・ジエバール》）を焼くタコスが王道だ。

「おっちゃん、ビステキ四人前。テイクアウトね」

　メキシコの主食であるトウモロコシの粉を直径十五センチほどの生地にしたトルティージャのうえに刻んだビーフがのってくる。これにセボージャ《タマネギ》とシラントロ《コリアンダー》のみじん切りとお好みのサルサをかけ、ライムをしぼってぶっかける。ぐるっと巻いてかぶりつくと肉汁のうまみとフレッシュな生野菜が絶妙のハーモニーをかもしだす。

「うっめー！　これがメキシコ人の牛丼か。トルティージャ二枚ついてくるから……ええっ、二個でたったの四十円。おかわりしてもいいですか」

　タッキーのベルトを引っぱって屋台からひきはがす。

「ここで腹いっぱいにしちゃうとほかのものが食えなくなるから、つぎいこうぜ」

　ソカロ近辺の路地は屋台の宝庫である。タッキーは手当たり次第にかぶりつく。白身生魚のマリネ《セビーチェ》は十二ペソ、チーズいりトルティージャのフライ《ケサディーヤ》は六ペソ、鶏肉いりトウモロコシのちまき《タマル》は三ペソ、ビーフカツサンド《ミラネッサ》は十七ペソ、マッシュド・ポテトとチーズのサンド《パンパルツ》は十ペソというB級グルメこそメヒコのだいごみだ。

「うん、たしかに体がラテン化してきた感じよアミーゴ」

「おっ、ランディまでアミーゴでたね。そうそうその調子」

茄でトウモロコシ《エスキーテス》や炭焼きのトウモロコシ《エローデス》にチーズやマヨネーズを塗ってライムとチリをかける。ショッキングピンクのウエハース《ペミトリア》にはナッツがはさまっている。ふだんから小食のランディが降参する。

「だめ、もう食えない。あんなにきれいなボニータが二十五歳すぎると豚になるわけがわかったわ。あっ見て、ドクロのオンパレード」

菓子屋のショーウインドウにはド派手《はで》にデコレーションされた砂糖菓子の頭蓋骨《ずがいこつ》がならぶ。店内に飛びこんだランディはやけに感心しながら一個一個を観察する。

「これ絶対口にはいんないわよね。家族でまわりをかこんでペロペロするのかしら」

実寸大のドクロや野球のボールほどのものまでさまざまなサイズがそろっている。小さなガイコツ人形はソンブレロをかぶり、ギターを弾き、テキーラのびんをラッパ飲みし、ウエディングドレスを着、キスを交わす。

「ちょっと日本じゃ考えられないわよねえ。ここまで死を笑いのめしちゃう生命力ってなんなの」ランディが言う。

たしかに僕たちは死を、恐ろしいもの、汚いもの、見てはいけないもの、生の反対にあるものと教えられてきた。しかしメヒコでは、死を隠さない。循環する生命の通過点として笑い飛ばしてしまう。最近は日本でも子どもたちにちゃんと死を教えていこうとする「デス・エデュケーション（死に対する教育）」が輸入されはじめたが、陽気なドクロはメキシコ独自の伝統教育なのかもしれない。

「でもさ、アステカ人てすごい生け贄を殺してたでしょう。ぼくたちの足もとに眠ってる神殿では生きたまま心臓を抜きとられてたんですよ。あんま死を美化するのもやばいんじゃないですか」

さすが編集者のタッキーは歴史を勉強してる。

「やっぱチョビヒゲが喉《のど》をかっ切るのは伝統だったんだ……うわっ」

後ずさりした大将がもんどり打って倒れこむ。店を出た歩道にはちょうど足一個分の穴が開いていた。

「あたたたた、チョビヒゲの呪いだ」

左足首を押さえてうずくまった大将は泣きそうな声をあげる。歩道を見わたしてもほかに穴は開いてないし、病み上がりで弱っているとはいえ大将の足がそこにはまるというのもすごい確率だ。

「生け贄にされた怨霊《おんりょう》の仕業かも」

ランディがミッキーマウス柄のバッグからなにやら取り出す。

「大将、足だして」

スポーツ選手用のテープだった。大将の足もとにしゃがみこんだランディは馴《な》れた手つきでテーピングしていく。

「なんでそんなもんまで持ち歩いてんの」僕が訊《き》く。

「テーピングはトレッキングの基本よ」

なにが出てくるかわからないランディのスキルにちょっと驚いた。

「これでだいじょうぶよ。どう、歩ける？」

大将は両手を支点に恐る恐る立ちあがり、テーピングされた左足を軸に右足を踏みだす。しょぼくれていた大将の顔がぱっと華やいだ。

「歩ける。なんかチョビヒゲの呪いを呪縛《じゅばく》してくれましたね」

「大将がだいじょうぶなら、ちょっと友だちにあいさつしたいんで、市場よろうよ」僕が言った。

シウダデラ市場にはメキシコ中のおみやげがそろっている。二百軒もの店がぎっしりと建ち並び、派手なディスプレイで個性を主張する。オアハカ地方の刺繡《ししゅう》ドレス、プエブラ地方の絵付け陶器、金糸模様のソンブレロ、ココナッツのような実でつくられたマラカス、七色インコのモビール、アステカ・カレンダーの円盤、シュールでカラフルな木製のモンスター人形、アンティック風な木彫り面、太陽と月が合体した壁掛けや灰皿、色とりどりのハンモックなどだ。

「それにしても、すっごい色彩だなあ。世界中のおみやげを見てきたけど、民芸品のバリエーションでメヒコに勝てる国はないよ」

メキシコの食べ物／AKIRA

タコスはいやというほど食うことになるのでほかの料理を紹介しよう。メキシコ料理の最高傑作と言われるモーレは、チョコレートにたくさんのスパイスを入れたソースで七面鳥やチキンと合う。当たりはずれがあるが、美味いモーレ・ソースは天国の味である。メキシコの国旗の緑、白、赤をあらわした料理チレス・エン・ノガタは一見ピーマンのようなでかい唐辛子に豚の挽肉やアーモンド、バナナ、ピーチなどをつめ、生クリームのソースをかけた芸術品である。焼けた石の器に沸騰するチーズがたまらんカスエラ・デ・ケソはオアハカに行ったらぜひトライすべし。ユカタン半島ではさまざまなシーフードがあふれているが、セビーチェというマリネ料理は日本人にぴったりである。めずらしいところではマヤ料理のアルマジロ、イグアナ、イノシシ、鹿などに挑戦してみるのもいいだろう。

大将は足のケガも忘れるほど夢中になってシャッターを押している。

「やばいよ、やばいよ、せっかく消費大国から逃れてきたのに、みんな買いたくなっちゃう」

ランディはお菓子の国に迷いこんだ子どものように目移りする。みんな好き勝手に行動できるよう三十分後に待ち合わせることにした。

市場のはずれにはウイチョル族の店がある。白い石灰で塗ったコンクリートの壁にはネアリカという毛糸絵画やビーズの面がかけてある。僕は軒先で居眠りしている男の肩を叩《たた》いた。白い生地に鮮やかな刺繍を施した民族衣装を着ている。男はぼんやりと目を開いて焦点を僕の顔に合わせた。

「アキラ！　こりゃ夢か」

僕は飛びかかるように小柄なホセをハグした。

「師匠、元気だったかい」

僕は去年この店にきてネアリカに魅了された。サイケデリックな色彩と、シャーマンが幻覚サボテンを食べて見たというビジョンに衝撃を受け、ホセに作り方を指導してもらったのだ。板に蜜蠟《みつろう》を塗り、細い毛糸を隙間なく貼っていくと、まるで波紋が広がるような美しい画面ができあがる。さらに僕はホセの師匠が住む、シエラ・マドレ山脈の山奥にまで訪ねていって、ウイチョル族の村に暮らしたのだ。

「ホセ、じつは見せたいものがあるんだ」

僕はデイパックからA4ファイルをとりだし、まだ寝ぼけまなこの彼にわたした。ページをめくっていくうちに彼の瞳孔《どうこう》が開き、武骨な手が震えだす。

「なんだーこりゃ！　こんなすげえもん、いったい誰がつくったんだ」

僕は胸を反らせて親指で自分をさした。

「……信じらんねえ。ウイチョル以外でネアリカをつくってるのは世界でおまえだけだ」

僕を救ってくれたのはネアリカだった。

メキシコから帰り、誰もいない家にもどった。僕が子供のころは、祖父母と両親と妹の六人が暮らしていた築八十年の木造家屋だ。灰皿ひとつにさえ、父の想い出が重なり、タンスの傷から障子の穴まで時間の渦が僕を呑みこもうとする。

僕は八十年に一度の大掃除を敢行した。祖父母の遺品や母の遺《のこ》した着物、父の膨大な写真などを徹底的に整理すると、八畳ほどのアトリエができあがった。ウイチョル族の祭に参加し幻覚サボテンを食べて見たビジョンをネアリカに再現しようとする。

「これって人間よりでかいな。こんなのどうやってつくったんだ」

ホセは赤褐色のひたいに滲《にじ》み出した汗を草色のバンダナでぬぐう。彼らのネアリカは三十センチから五十センチほどの大きさだが、僕のは二メートルのキャンバスにボンドで毛糸を貼りつける巨大なものだった。わずか三ミリの毛糸で百二十号キャンバスを埋めるのは気の遠くなるような作業で、ひとりではじめた僕は挫折《ざせつ》した。しかしビジョンはつぎつぎに浮かんでくる。

　僕は自分のホームページでボランティアを募集した。毎日書きつづけた僕の日記を見に何十万のアクセスがある。アートに興味があってもなかなか自分で絵を描くまで至らない人が多いが、手伝いなら気軽に参加できるはずだ。

「うしろのページに制作風景が写ってるだろ。そうそう、ここ。一年間で五百人のボランティアが集まってくれたんだぜ」

　全国からたくさんの人が日光《にっこう》にある僕の家に集い、毎月一枚のペースで十一枚の巨大ネアリカを仕上げた。

　ニューヨークやマドリッドでコックをしていた僕はボランティアのために腕によりをかけて食事をつくり、淋《さび》しかった家が毎日のようににぎわう。多いときは一日に十人もの人間がこたつを囲み、ひとつの鍋《なべ》をつつく。

「おまえなあ、ネアリカの本当の意味を知ってるか？」

　ホセの質問に僕は首をよこにふった。

「ネアリカは異なる世界をつなぐトンネルなんだ。おまえはネアリカをつくることが目的で人を集めたつもりだが、じつはネアリカがおまえをたくさんの人たちと出会わせてくれたんだぞ」

街路を行くメキシコシティの女性はファッショナブルだ。

「えっ、じゃあ目的だったネアリカが手段で、出会いそのものが目的だったってわけ?」

「ああ、両親を失ったおまえは、新しい家族に出会ったんだよ」

ランディがきょろきょろしながら広場にあらわれ、僕を捜してる。

「あれがおまえの妻か?」ホセが訊いた。

「んなわけないじゃん」

「いいか、家族ってのは血だけじゃない。魂にも血が流れてるんだ」

ホセは大きなあくびをこいたあと、ニッコリと笑った。

「アミーゴ、すべての出会いが魂の家族だ」


フリーダ・カーロ美術館は町の中心から南へ地下鉄でくだったコヨアカンというところにある。駅から地上にあがると近代的なスーパーマーケットがひかえ、街路樹の町並みもどこか洗練されたおもむきがある。閑静な住宅街をしばらく歩くと、アジェンデ通りとロンドレス通りの角に「青い家」が見えてきた。フリーダ・カーロの生まれた家だ。フリーダの父が死んだとき、喪に服すため青く塗られた家は鉱物的な印象を与える。

「あたしのなかではゴッホもピカソもおよばない、世界一好きな画家なの」

ランディはしばらく立ち止まっていたが、意を決するように門をくぐった。

緑あふれる庭には鮮やかな熱帯の花々と午後の陽差しに煌《きら》めく葉が絶妙なコントラスト

危険情報／AKIRA

メキシコ政府は近年ますます観光に力をいれている。一人旅の女性もたくさん見かけるし、警官も多い。基本的に田舎は安全で、メキシコシティでも昼間は問題ない。

新市街のソナロッサなどは夜も観光客でにぎわっている。町になれるまでは夜の一人歩きは極力避け、人通りの少ないところへは近づかないようにしよう。夜しかないプロレスやマリアッチは流しのタクシーではなくシティオ（呼び出し）をつかい、複数で行ったほうが割安だし安全だ。ソカロの北の地区は、地元の友人でもいないかぎり夜に行かないほうがいい。

ウアウトラでは路上でキノコを買ってはいけない。免許を持ったシャーマンぬきでやるキノコはメキシコでも違法だし、ただの火遊びで終わってしまう。なおキノコの根などをウアウトラ以外に運び出すことも違法なので絶対しないように。

をつくっていた。

「きれいだわ、なんか絵画の中にでも迷いこんじゃったみたい」

ランディが言うように、ここはフリーダの人生がつめこまれた小宇宙である。

メキシコ革命直前の一九〇七年七月六日、フリーダはこの家に生まれた。ハンガリー系ユダヤ人の父と、スペイン人とインディオの混血の母をもつ。活発な子どもだったが、六歳のとき小児麻痺《まひ》にかかり、右足が不自由になった。

「フリーダさん、おじゃまします」

ランディは大きく深呼吸すると、ペイルグリーンのドアを開けた。

木製の黄色い陳列棚には手書き模様の皿や青いガラスの食器がならんでいる。壁には錫《すず》の鍋やフライパンがかけられ、「フリーダとディエゴは一九二九年から一九五四年までここで暮らしました」と綴《つづ》られている。

「なんかおもちゃ箱みたいにかわいい」

素朴な粘土細工の置物やキッチュな人形がそこここに点在し、今にもフリーダが鍋をもってでてきそうな家庭的雰囲気が残っている。

「こうやって浮気な旦那《だんな》を家庭に呼びもどそうとしたのね」

二階へ上がる階段の壁には小さなブリキ絵がたくさんならんでいた。病気や怪我にあった人々が快復を祈願して教会に奉納したものだ。稚拙な筆致で事故の様子やマリア様などが描かれている。

「このブリキ絵って、フリーダの画風とそっくりね」

「うん、フリーダには名もない人々の祈りが痛いほどわかったんだろうなあ。あの事故でね」

フリーダが十八歳のとき、下校途中の乗合バスが電車と激突した。手すりのパイプが腹部から子宮を貫通し、骨盤、鎖骨、脊髄《せきずい》、肋骨《ろっこつ》を骨折する。一度は医者に見放されたものの、一命はとりとめる。ギプスのまま寝たきりの生活がつづいた。父はフリーダに絵の道具を与え、横になったまま自画像が描けるように固定イーゼルとベッドの天井に鏡を取りつけてやった。生涯を通じて自画像を描きつづけたフリーダの創作は苦痛とともに歩みはじめたのである。

「なんかもう、ここにあるぜんぶが飛びこんできちゃって、見てらんないわ」

ガラスの棚には結婚当時のフリーダとリベラの写真がおかれている。

怪我から快復した三年後にフリーダは、メキシコを代表する画家ディエゴ・リベラと出会い、この家に彼を招いた三日後にふたりは結婚を決める。二十二歳の小柄なフリーダと四十三歳の巨漢リベラのカップルは「鳩と象の結婚」と呼ばれた。

フリーダは念願の妊娠をしたが、事故による骨盤損傷のため中絶手術を受ける。以後幾度も流産をくりかえし、結局子どもを産むことはできなかった。

リベラの奔放な浮気に耐えられず、フリーダもアメリカの彫刻家イサム・ノグチやロシアの革命家レオン・トロツキーと浮き名を流すが、心はひたすらリベラだけを求めつづける。ついにリベラはフリーダの妹にも手を出し、フリーダはこの家を出る。

晩年にフリーダは右足が壊疽《えそ》にかかり、膝下《ひざした》を切断する。死の前日、フリーダは一ヵ月後にひかえた銀婚式の指輪をリベラにプレゼントした。一九五四年、フリーダは肺塞栓症《はいそくせんしょう》によって四十七歳の生涯を閉じた。

「……痛いよ」

ランディがベッドを指さした。枕元にはさまざまな人形がならび、主人のいなくなった石膏《せっこう》のコルセットがぽつりと置かれている。しかも愛らしい薔薇《ばら》の絵が描かれているのだ。

「だって、だって生涯自分を縛りつづけたコルセットなんでしょう。それをこんなに美しく飾り立てるなんて痛すぎるよ」

ランディはふうっとベッドの天蓋《てんがい》を見あげた。鏡ではなく、蝶《ちょう》の標本がとりつけてある。

「そうか、このコルセットはサナギだったんだ。これは花にかこまれた彼女の抜け殻なのね。フリーダは蝶になって天国へいっちゃった」

ランディはくるっとベッドに背をむけ、大きな窓に囲まれたアトリエに歩きだした。

「でも天国なんかほんとにあるのかなあ」

「天使のコーラスとか毎日聴かされてたら騒音公害だぜ。フリーダは二度と生まれ変わりたくないって言ったけど、僕は何度でもこの世にもどりたいね」

たとえこの世がたくさんの悪意や悲しみやバカバカしいことに満ちていてもかまわない。いや、世界は愚かだからこそ愛《いと》おしい。この世は思いどおりにならないからこそ生きる意味があるんだ。少なくとも僕は、そう信じることによって救われた。

なにかを思いつめているランディにそう言いたかった。でも言葉で言っても伝わらないのはわかっている。自分自身の体験をとおして腹の底から実感しないと何も変わらない。

風にくすぐられる木々が乾いた陽差しに乱反射する。逆光にふりかえったランディのシルエットが少し悲しげに微笑んだ。

「もし人が死んで蝶になるのなら、実際に蝶が遊ぶこの世があたしたちの天国かもしんないね」

死者の祭り／AKIRA

死者の祭りは毎年11月1日、2日にメキシコ中で祝われる。ハロウィンのルーツであり、死者が生者のもとへ帰るお盆のようなものである。墓地を花とロウソクで飾り、親族は夜を徹して死者と語り、飯を食い、酒を飲み、歌う。街中に仮装パレードがあふれ、ブラスバンドとともに行進する。もっとも有名なのはメキシコシティから車で五時間ほど西に行ったパツクアロ湖だが、期間中ホテルを予約するのはむずかしい。オアハカの郊外にある市民墓地やインディオの各村でもそれぞれおもしろい行事がある。メキシコの北や南でも個性的な出し物があるし、もう毎年死者の祭りにかよってすべてのバリエーションを見たいくらいである。たったひとつ共通なのは陽気に死者と遊ぶことである。せっかく先祖たちが帰ってくるんだからしみったれた顔なんかしないで、思いっきり明るくむかえてあげようぜってのがメキシコの底力だ。

2
ウアウトラ・デ・ヒメネス

ウアウトラは歌う――田口ランディ

メキシコシティの陽射しは強い。一日中、ペットボトルの水を離せない。三人の男たちにくっついて、私はまるで小さな子供みたいだ。歩幅の広い彼らの後をちょこまか付いていく。道端の物売りが、そんな私のことを目で追う。そして笑う。とにかく、まっしぐらにウアウトラを目指したかった。

私にとってメキシコシティなんて、実はどうでもよかったんだ、目的はウアウトラ。最初からそう。とにかくウアウトラに行きさえすれば、今回の旅行の目的は達成なのだった。ドーム型のだだっ広いバスターミナルで、私たちはウアウトラ行きのバスの時間を調べていた。メキシコの建物って不思議だ。レトロなのにモダン。懐かしい未来って感じがする。

「夜十時出発して、朝六時にウアウトラに到着する夜行バスがある。そのバスで行こう」

アキラの言葉にぎょっとした。夜行バスですって？

「ちょっと待ってよ。夜行バスって危険じゃないの？」

「うーん、以前に夜行バスが強盗に襲われて観光客が死んだって聞いたけど、今は大丈夫じゃない？　最近、メキシコは観光に力を入れていて治安維持に努めてるみたいだ。俺が去年来たときよりずっと警官が多くて、警備も厳しくなってる。そのせいか目つきの悪い奴がいなくなっててびっくりしたよ」

「でもさ、『地球の歩き方』に夜行バスは危険だって書いてあるし、田口ランディ、メキシコで死すなんて新聞に載るのは……」

男たちが呆《あき》れたように私の顔を見る。はいはい、わかりました。

「夜まで時間があるから、部屋をキープして少しシティを散策しようぜ？」

アキラの提案で、シティのホテルで休憩を取ることになる。


下町にあるホテルイザベルは、古いけれど趣のあるホテルだった。

スペイン植民地時代の風情があり暗く陰うつでエキゾチックだ。日本で言うなら「さびれた温泉宿」って感じかな。

男三人は荷物を置いて、さっそく散策に出かけると言う。

「私は休んでる。夜も夜行バスで寝れそうにないし、体力を回復しとくわ」

手を振って、みんながドアを閉めて出て行って、ふうとため息をつく。トリプルのがらんとした部屋に、ふわりと静寂が降りてきた。

ああ、静かだ。すごく静かだ。

静けさの冷たい湖面にゆっくりと足をつける。それからそっと体をかがませる。手の先、足の先、体が静けさに染まっていく。じっと静寂に浸《つ》かって、ようやく自分の体に心がなじんだ。

立ち上がって、窓を開けた。金具が錆《さ》びついていて、なかなか開かない。

よいしょ。風が吹き込む。

開け放した窓から、メキシコシティの下町が見える。寄り重なるようにレンガ色の赤い屋根が続いている。古いビル、あちこちから工事現場の音。車のクラクション。雑踏。音楽。

身を乗り出して目を閉じた。風を感じる。

ここに私はいる、これが私。じゃあ、さっきまでの私はなんだったんだろう。

バタンと背後で音がして、慌てて振り向いた。

「ごめん、忘れ物取りに来た」

アキラだった。とっさに作り笑いをする。

「ランディがお腹すいてないかと思って、コレ食べる?」

渡されたのは、プラスチックのカップに入ったカットフルーツだった。

「ありがとう、わはは、フルーツにもチリがかかってる」

メキシコのカットフルーツにはまっ赤になるくらいにチリペッパー（辛い香辛料）がかかっていた。そこにライムをしぼって食べるらしい。

「けっこういけるだろ？」

「辛くて、しょっぱくて、甘くて、おいしい」

アキラは、私が赤い粉のかかったスイカやリンゴを食べるのをじっと見ている。

「なあ、ランディ」

「ん？」

「今回の旅行なんだけどさ、本当の目的はなんなんだ？」

「本当の目的？」

「そうだよ、ランディは、なにか探しているものがあるんじゃないか？」

私はアキラの目をじっと見た。彼は長いこと海外をさすらっていた。その旅は楽しいばかりじゃなかったはずだ。辛《つら》いことの方が多かったろう。でもアキラはいつも楽しい話や幸せな話しかしない。悲しいことはあまり口に出さない。純粋な男で、優しい。たくさんの国を旅していていろんなことを知っている。どうやってお金を稼ぐかも、ジャングルで食べ物を見つけるかも、見知らぬ人と友達になるか……も。私よりずっと自由に生きていて、私よりずっと愛を信じていて、私よりずっと平和を願っている。すばらしい奴だ。最高の友達だ。今回だって、メキシコのウアウトラに行きたいという私のガイドと通訳を買って出てくれた。スペイン語がまったく話せない私にとって、アキラは天の助けだ。

だけど、なぜか私は、この旅の本当の目的を、うまくアキラに告げることができなかった。

「私が探しているのは……、過去だよ」

「過去？　自分の？」

「うん。私の過去。子供の頃の自分」

アキラは不思議そうな顔をした。

「だってランディは、確か茨城の田舎で生まれたろ？」

「生まれたのは東京。それからすぐに田舎に越したの」

「なんでその思い出が、メキシコにあるんだよ」

それもそうだ。私は説明に困った。

「厳密に言うとね、子供の頃と今を繋《つな》ぐ回路を、探そうとしているの」

「やっぱり、キノコか？」

「まあね……」

「ウアウトラのキノコは世界一だからなあ」

そう。アキラから噂に聞いたウアウトラのマジックマッシュルーム。そのことが、ずっと気になっている。いつか自分もサイケデリックな体験をしたいと思っていた。マサテク族に古くから伝わる幻覚キノコを使った儀式。それは人間の心を激しく揺さぶり癒《いや》すという。

アキラは去年、ウアウトラのシャーマンによるキノコの儀式を体験した。日本人としては初めてかもしれない。だから、わざわざいっしょに付いて来てもらったのだ。その幻覚キノコを自分も体験したかったから。なぜかってえと、もう私はけっこう限界に来ていたのだ。いつのまにか心の調律が狂い始めていて、どんどんズレていくような気がした。いまどうにかしないと取り返しのつかないことになる。直感だった。

正直、キノコで救われたかった。だけど、それを言葉にしてしまうとすごくイージーで、未来が言葉によって無化されてしまうような、そんな気がして怖かったのだ。いや、それって自己弁護かな。ほんとうは興味津々でドラッグ体験をしたいくせに、かっこつけてるだけ。ドラッグが目的じゃないのよ、私は過去の自分を探したいの……なんてね。

「早く、ウアウトラに行きたいなあ……」

「バスに乗って、眠って、朝が来れば、そこはもうウアウトラさ」

アキラはそう言って、懐かしそうに目を細めた。

真夜中のバスターミナルは、夜行バスのチケットを求めるインディオでごった返していた。

彼らはとても小さくて痩《や》せていた。私は日本では自分より小さい人にめったに会わないほどチビなんだけど、インディオたちに混じるとぶよぶよした大柄な女になる。インディオの女性たちは、いい具合に脂肪がそぎ落とされていて、腰骨が高く、おっぱいは大きい。すごく魅力的だと思った。

メキシコシティではあまり見かけなかったけれど、夜行バスの待合所はインディオばかり。彼らに混じったとたん、都会の生活でふやけきった肉体がすごく恥ずかしくなった。私は余分なものをたくさん食べている体をしている。締まりがない。

バスが来たぞ、とアキラが呼んでいる。声のする方へと歩いていくのだけど、周りの音がとても遠く感じる。薄い膜が張ってるみたい。アキラもタッキーも、映画の中の人みたい。

「どうした、ランディ?」

心配そうに大将が振り返る。

「なんでもない」

暗い車内は、湿っていてガソリン臭かった。私はタッキーと並んで狭いシートに腰を下ろした。何のアナウンスもなく、夜行バスは走り出した。インディオたちは、おしゃべりするでもなく、静かだった。

月明かりの荒野を夜行バスはひた走る。市街を抜け、高速道路に入ると、単調な砂漠のなかの一本道になった。

サボテンの影が、まるで亡霊みたい。

真っ暗な車内はひどく寒かった。フリースの上にさらに雨具を着込む。それでも寒い。

目を閉じる。

すると、いつものように点滅する光の抽象模様が見える。今日の光は白っぽい。疲れているときはあまり色がないんだ。

みんなは目をつぶると真っ暗だと言うけれど、私はそうじゃない。目をつぶると光の洪水。まぶしいくらいだ。暗い宇宙空間に星が瞬くように、まぶたの裏にいろんな形の光が浮かんでは消える。

目を閉じると、光でいっぱいで、その光を見つめて遊んだものだ。たくさんの光がくるくるまわる。どうして目を閉じているのに光が見えるのかな。私は光を追っていく。閉じた目で光を追う視線はなに？

何も考えまいとするのに、空白になることができない。考えるのを止めたいのに、言葉に埋もれる。

目を閉じているのに、まぶたの裏は降り注ぐ銀河だ。

急ブレーキをかけて、バスが止まった。

ふいにがくんと体が揺れて、驚いて目を開けた。

窓から外を覗《のぞ》くと、ライフル銃を持った男たちが夜行バスを検問している。

数ヶ月前に夜行バスが強盗に襲われて観光客が死んだとアキラが言っていた。まさか、と思った。強盗?

どこかの町に入ったらしい。貧しい家並みが見える。

男たちが広場でたき火をして酒を飲んでいた。もう深夜だというのに集まって何をしているのだろう。ライフル銃をもった男がバスの運転手と大声で話をしている。聞き耳を立ててもスペイン語なのでさっぱりわからない。

「大丈夫だ、あの男たちはバスを守るつもりで強盗を見張っているらしい」

様子を見ていたアキラがそう言った。

ほどなく、バスはクラクションを一つ鳴らして挨拶《あいさつ》をすると、のろのろと町中を抜けて、再びサボテンの荒野へ突っ込んで行った。

「ほんとうに、メキシコに来たんだなあ」

ペットボトルの水を飲みながら、私は一人呟《つぶや》いた。

「いまごろ、なに言ってるんですか」

タッキーが笑った。

「だって、実感がなかったんだ。ずっと」

「わかるよ。旅に来ても、体だけ外国で心は日本ってことがよくある。心も体も旅に出るには、時間がかかる。ランディの心も、だんだんメキシコにやって来ているんだろう」

アキラの言葉に頷《うなず》いた。ああ、なるほど、そうかもしれない。

「私、日本にいるときも、心が抜けてたような気がする」

「日本で暮すには、心が入っているとかえって生きにくいからな。だけど、メキシコじゃあ、心が来てないと不便だから、早く心と体を一つにしたほうがいいよ」

「どうして、メキシコでは不便なの？」

「メキシコ人は心ここにあらずのヤツはすぐわかるんだ。そして、狙われる。あっという間にすっからかんだ」

アキラは再び、ダウンジャケットにくるまって寝てしまった。

窓ガラスにもたれて夜空を見上げる。東京とは違う夜空。満天の星。

飛び立つオリオンにたくさんの流星。

流れる星を見ていたら、予感のようなものを感じた。ざわざわざわ、心のなかにさざ波が立つ感じ。時々こういうことがある。鳥肌がたってきた。

誰かが呼んでいるような気がする。激しく、扉を叩《たた》いている。内側なのか、外側なのか。それとも同時なのか。

メキシコに行きたいと思ったのは一年前だ。

そもそもの始まりはキャンプ。

二〇〇二年の春に、アキラの住む日光にキャンプに出かける。

アキラは『アヤワスカ！』（講談社）という旅行記を出版したばかりだった。内容はそのタイトルの通り、アマゾンのシャーマンに弟子入りをしてアヤワスカという幻覚植物を体験するノンフィクション。私は某小説誌で、アキラとの対談を依頼され、そのときに初めてアキラと出会った。対談のテーマは「幻覚体験とシャーマニズム」。

私の書く小説の多くが「幻覚体験」を描いているし、処女作にはシャーマニックな女性主人公が登場する。だけど、私自身はまったく幻覚体験などしたこともなかった。

「え？　ランディって幻覚処女なの？」

「そうです。意外ですか？」

「意外だなあ。それであんな幻覚体験を描けるなんてすごいね。ランディの小説の幻覚描写は、僕がアマゾンで体験した幻覚ととても近いものがあるよ」

まあ、そんなふうな会話があって私たちは対談の後、近所のファミレスでお茶をした。あれこれ自分たちのことを話し合ってみると、共通の友人や趣味が多いことに驚いた。しかも同じ年。なんとなく親近感を感じ、別れがたくなって「春にいっしょにキャンプしましょう」という約束をかわしたのだ。

中禅寺湖《ちゅうぜんじこ》にキャンプに行ったのは、それから三ヶ月後。

アキラのお父さんが突然に亡くなられて、アキラは落ち込んでいた。死因は心臓麻痺《まひ》で、こたつで冷たくなっているところを発見されたという。

「最初、警察は俺に父親殺しの疑いをかけたんだぜ！」

それもひどい話だと思った。でも、アキラの初期のアート作品には「家族への復讐《ふくしゅう》」が繰り返し描かれる。皆殺しになった家族のジオラマ、ああいうものを見ると、警察も「もしや？」と思うのかもしれない。

せめてもの気分転換になれば、と思って日光まで出かけて行った。

私たちは桜が咲いている湖畔で、夜通したき火を焚《た》いて酒を飲んだ。どんな話をしたのか忘れてしまった。父親の話をしたような気がする。父親って、わかんねえなあって話をしたような……。アキラは、明るく振る舞っていたけど、辛《つら》そうだった。背中の筋肉に余分な力がいっぱい入っている感じ。きっと私も辛いときはこんなふうに見えるんだろうな、って思った。がんばってる人は、がんばってる体つきになってしまうんだ。

キャンプが終わって、自宅に戻ってメールをチェックしたら、日光駅で別れたアキラからもうメールが入っていた。

「ランディと別れて、すぐにメキシコ旅行のチケットを取りました。あさって、メキシコに発《た》ちます」

びっくりした。そういえば、酒を飲みながらメキシコに行きたいと言っていたけれど、まさかこんなに早く旅発ってしまうとは。

そして1ヶ月後に、見違えるように元気になってアキラはメキシコから戻って来た。

メキシコでどんなことがあったのだろうか、アキラは帰国するなり作品制作を始める。メキシコのウィチョル族に伝わる毛糸アートの手法「ネアリカ」を応用した大作に挑むという。メキシコ旅行に出かける前のアキラを見ていただけに、私はメキシコという国の力に興味をもった。いったい、彼はどんなすごい大地にこれほどインスパイアされたのだろう。メキシコというのは、そんなに元気をくれる国なのかな。

「メキシコはいいよ、最高だよ。なんたって世界で一番自殺が少なくて、世界で一番ハゲが少ない国だってさ」

「ふーん」

ポンチョとソンブレロしかイメージできない私には、いまひとつピンと来ない。メキシコと聞くと「ドンタコス」と歌いながらチョビヒゲの男が頭のなかを通りすぎる。その映像を振り払いつつ、私はアキラの話に耳を傾ける。

「それに、ウアウトラの幻覚キノコ、これがすごいよ」

「すごいって、どうすごいの?」

「そうだなあ。同じ幻覚植物でも、アヤワスカと違ってメキシコのキノコは人間に優しいんだ。優しいけれど、ものすごい世界に連れて行ってくれる。そして、時間が経つと再び優しく着地させてくれる」

「へえ……」

幻覚体験のない私には何のことかよくわからない。

「どんな幻覚を見るの？」

「LSDに似てるけど、もっとずっとすごい。めくるめく極彩色の光の渦だ。色と音が融合して動き回る3Dワールド。だけど、自我はしっかりとある。すごく頭が冴《さ》えていて、感受性だけが鋭くなっていて、脳のなかのスクリーンに幻覚を見ている」

「頭は冴えているの？」

「ああ。冴えまくってるよ」

幻覚というのは酩酊《めいてい》状態に入って見るのだと思っていたので、意外だった。

薬物に興味をもったことはなかった。試してみたいと思ったことすらなかった。そういうものに頼って、いくらすごい体験をしたところで、それは所詮《しょせん》、自分の本当の体験とは違うのではないかと思っていたからだ。

ところが、どうしたわけか、私はそのとき「メキシコに行きたいな」と呟いていたのだ。

「私も、そのキノコ、食べてみたいなあ」

「そう？」

アキラが、私の目を覗《のぞ》き込む。

（だって、ランディは幻覚体験なんて男の遊びだって言ってたじゃないか？）

私は見つめ返す。そうなんだけどね、だけど、私はいま何かを見失ってしまった。そう感じてる。すごく大切なものから離れている。自分が求めていたものは何か、確かめなくてはいけないみたい。


「なんだか、不思議な風景ですね」

タッキーの声に、はっと我に返った。タッキーは起き上がって真っ暗な窓の外を見ていた。荒野は月明かりで青かった。

「そうだね。見渡す限りのサボテンの荒野。サボテンってたくさんの人の亡霊みたいだ。ここは亡霊のさまよう冥界《めいかい》みたい」

「ウアウトラはどんな町でしょうね」

「うん、山の上の方だと聞いているけれど、楽しみだね」

「メキシコって、予想していたのと違う……」

「どんな風に？」

「うまく言えないけれど、すごく深い感じがします」

「そうだね。私もだよ。この国でシュールレアリズムが開花したのがなぜか、わかった気がする。大地が夢を見ている。その夢に、いま私たちもいっしょに入っている。そんな気がしない？」

「します……。ほんとうに、大地の夢に紛れ込んでいるみたいだ」

「たぶん、東京に住んでいるときには、私たちは東京の夢を見ていたんだよ」

「なるほど」

「そしていま、メキシコの夢を見ている」

「ランディさんは、二つの夢はどう違うと思うんですか？」

「東京の夢は人間の欲望なの。でも、メキシコの大地が見ている夢は違うね。もっと古い精霊たちの夢に入っていってる気がする」

それからしばらく眠った。浅い眠りのなかで昔死んだ友達の夢を見た。

目を覚ますと、もう夜明け近くて、空がうっすらと白み始めていた。

「あと、三十分くらいでウアウトラに着くよ」

明るくなってようやくわかったのだけれど、バスはすごい崖道《がけみち》をくねくね走っていた。

眼下は断崖《だんがい》絶壁、落ちたら死ぬぞ……って感じ。こんなとこを走っていたのかとぞっとした。

「ほーら。あれがウアウトラだ」

そう言われて、山の中腹を見ると、朝日を浴びて小さな町が白く光り輝いていた。

「まるで……、空中に浮かんでいるみたいな町ね」

「マサテク族の聖地だ」

その町は、歌っていた。確かに。とても荘厳な優しい歌を。

バスが止まって、乗客が一斉に降り始めた。たくさんの荷物が運び出される。朝六時。すごく寒い。外にはたくさんの人だかり。みんな色の黒いマサテク族の人たち。ちょっと怖い。吐き出されるように私たちも降りる。男たちが寄ってきてしきりに何かを叫んでいる。私はアキラの陰に隠れるように付いて行く。

「ホテルまで、歩こう」

朝焼けで染まった坂道を四人は必死に歩く。途中、捻挫《ねんざ》をしていた大将が足の痛みのために立ち止まった。そこに、トラックが通りかかる。荷台にはたくさんの人。どうやらバスの乗客を町まで運んでいるらしい。私たちにスペイン語で叫んでいる。乗らないか？と聞いているらしい。喜んで乗り込んで、でこぼこ道を振り落とされそうになりながら、ウアウトラの中心街までやって来た。そして、ホテルの従業員を叩《たた》き起こして部屋にチェックインする。

朝の六時だってのに、もう市場は始まろうとしていた。たくさんの花、たくさんの食べ物、衣類、それをマサテクの女たちが抱えてそれぞれの店に広げ始めていた。

……と、同時に、大音量で音程の狂ったような不思議なメキシコの音楽がスピーカーから流れ出した。

「なに、あの音楽？」

　四人で顔を見合わせて吹きだした。

「でかい音だなあ……」

「なんだか、音痴になりそうですね」

　でも、妙にハイになる音楽だった。どうでもいいさ、生きてりゃいいさ、いいことあるさ。私にはそう歌っているように聞こえた。そして、なぜかウキウキしてきた。

　小さな部屋に荷物を片づけて、着替えをして、それから四人はさっそく市場に出かけることにした。いてもたってもいられないってのが正直な気持ち。

　大将はカメラを抱えてさっそく写真を撮りにどこかへ消えてしまった。

　私とアキラとタッキーは市場をぶらつきながら、気持ちのよいカフェを見つけた。そこは小さな路地裏で、屋外のテーブルに座っているとマサテク族の人たちが行き来する。子供たちが走っていく。

　ウアウトラの女性はとてもおしゃれで、おばあちゃんでも華やかな色のワンピースを着ている。それがよく似合う。親密で繊細な民族であることがすぐわかった。日本人は珍しいはずなのに、あからさまにジロジロ見たりすることをしない。そっと、様子を窺《うかが》うような優しい視線を向ける。もちろん敵意はなく、すぐにこの町とここに住む人たちが大好きになった。

買い物に行ったら、十歳くらいの男の子がおもしろがって私の後をついてくる。

「ワタシ、日本人ナノヨ」

と、カタコトのスペイン語で自己紹介してみた。

私は、ウアウトラの女たちが着ているかわいいワンピースが欲しくて、それを何着か体に合わせてみた。その様子を男の子がじっと見ているので、

「ねえ、これとこれ、どっちが似合う？」

と、日本語で聞いてみたら、ブルーの方を指さした。なんだ、日本語でも通じるじゃん、って愉快だった。たいがいのことはボディランゲージで通じるものなんだろう。特に子供は敏感だから。

その子といっしょに、市場をぶらぶらする。白い石のようなものを見つけて、

「これなに？」

って聞いたら、くしゃっとしょっぱい顔をした。どうやら岩塩らしかった。

パンと野菜と岩塩を買って、そして宿に戻った。

アキラも野菜とパンを買っていて、みんなで初めてのウアウトラでのお食事。

「これから、ここでキノコのセッションを受けるわけだけれど、セッションの前はなるべく肉や酒はひかえたほうがいいんだ」

CAFETERIA
FARMACIA

ウアウトラは山の中腹にへばりつくように村がある。
朝と夕方には谷底から霊気のような霧が立ち昇ってくる。

全員神妙に聞く。バッドトリップしたら日本に帰れなくなるかもしれない。そんな不安がそれぞれの心をよぎっていたのは確か。

ここは、標高二千メートル近い高地で、空気は澄んでいて、太陽の光も、雨もふんだんに降り注ぐ。そのせいかもしれないけれど、野菜がおいしい。野菜ばかり食べていたけれど、物足りないなんて思わなかった。タマネギもピーマンも塩をつけてバリバリと食べた。トマトもたくさんの種類があった。それからサボテンも食べた。肉は食べなかった。食べる必要も感じなかった。たまにタコスに入っている牛肉の細切れを食べたけれど、アクがなくて美味《おい》しかった。

ホテルの下はすぐに市場で、エントランスの前に花売りがいた。たくさんの花、グラジオラスとかガーベラとか、ユリとか……。ほんとうにきれいだった。

メキシコの花は日本の花のようにまっすぐに矯正されていたりしないんだ。自由奔放に好き放題に伸びてあっちこっち向いている。それが美しい。ほんとうに美しい。花そのものの生命力がみなぎっている。

私は花瓶を買って、花を部屋に飾った。

花があるだけで、部屋に精気が満ちた。花の精気だった。

この土地の植物は、何かが違うと思った。決定的に力強い。オーラが出ている。

ふと、屋久島《やくしま》を思い出した。あの屋久島の植物に通じる何か。いや、もしかしたら屋久島以上かもしれない。ものすごい植物のエナジー。それに満ちあふれている。

ああ、だからウアウトラのキノコは特別なのかもしれない。キノコは植物の精霊の王だと聞いたことがある。

朝、六時になると、市場からあの調子っぱずれの音楽が大音響で流れ出す。とても眠ってはいられない。どうなってるんだ、この町は。

窓を開けると、もう花の匂いでいっぱい。

山には神々しいまでの朝日。

新鮮な野菜を食べ、お水を飲み、花のエキスに触れる。

それだけで、すごく元気になっていく感じがした。実は旅行前にひどく内臓を悪くして、血便が出ていたのだ。本当は不安だった。こんなひどい体調でメキシコ旅行なんて行けるのだろうか。食べ物だってロクなもんじゃないだろう、おまけに、怪しいキノコなんか食べて腹痛を起こしたりしないだろうか。食中毒にならないだろうか。

心配は、すべて杞憂《きゆう》だった。

ウアウトラでの生活は、まるで高原の療養所のようだった。体に悪いものなんてなにもなかった。私を苦しめていた脂っこい食事、お酒、仕事のストレス……。ここにはなにもなかった。

ただあっけらかんとした青空と、調子っぱずれの音楽と、優しい人々と、オーラを出す植物たちがあった。

毎日、ぶらぶらと市場を散策した。つつましく暮すマサテク族の生活を見て思った。いったい、私が苦しく思っていたことはなんなのだろうか。どうしてすべてが自分の思い通りにならないように感じていたのだろうか。私が望んでいたものはなんだろう、私が欲していたものはなんだったんだろう……。

疑問のなかには、すでに答えがある。

私は確かに、思い出し始めていた。子供の頃の私。

生きることだけに、夢中だったころの自分。

ウアウトラは歌う。

どうにかなるさ、生きてりゃいいさ、なんだっていいさ。

キノコの聖なる夜——AKIRA

一九六八年、この村に神が光臨した。

畑仕事をしていた農民が頭上を横切るヘリコプターをいぶかしげに見あげる。ヘリコプターはけたたましいプロペラ音を響かせて山上の空き地へと降り立った。長髪を風になびかせて四人の男たちがあらわれる。真っ白い肌に髭《ひげ》を生やし、マサテク族より頭ひとつも長身だ。リンゴ・スターの誕生日を聖なるキノコで祝いにきたビートルズだった。

その他にもローリング・ストーンズ、ボブ・ディラン、ドノバン、ザ・フーなど、六〇年代を代表するスターたちが訪れている。当時の若者にとってウアウトラは世界最高の聖地だった。

彼らはたったひとりの老婆を目指してやってきた。二〇世紀最大のシャーマン、マリア・サビーナである。

はじめてこの村を世界に紹介したのはモルガン銀行の副社長だったゴードン・ワッソンだ。一九五五年、民族植物学者でもあるワッソンは、幻覚キノコをつかうすごいシャーマンがいると聞き、ファッションカメラマンのアラン・リチャードソンをともないマリア・サビーナのもとを訪れた。

何千年ものあいだマサテク族が封印してきた秘密の扉がついに開かれたのだ。

サビーナは数日前から白い男たちがくると予言していた。そしてこの村に不幸が訪れると。

ワッソンたちははじめての外国人として儀式《ベラーダ》に招かれた。六本ずつキノコを食い、一時間ほどで幻覚があらわれる。カラフルな幾何学模様に吸いこまれ、宮殿や天上界のビジョンがあらわれ、彼らは驚きと歓喜をもって儀式を終えた。

そこまでならよかった。しかしワッソンはサビーナに口止めされていたにもかかわらず、よりによってアメリカでいちばんポピュラーな雑誌「ライフ」に体験記を発表してしまったのだ。ワッソンのスクープは世界的な反響を巻き起こす。

一九三八年に分娩促進剤になる麦角の研究中にリ《L》ゼルグ酸ジ《S》エチルアミド《D》を合成し、一九四三年に幻覚作用を発見していたアルバート・ホフマン、ハーバードでＬＳＤを研究していたティモシー・リアリーやリチャード・アルパートなどがつぎつぎとウアウトラを訪れ、サビーナとの不思議な儀式を発表していった。

ロックミュージシャンやヒッピーたちが大量に押しかけ、彼らはマリファナを吸いながら素っ裸で村を歩きまわり、白昼堂々とセックスしまくっていたという。

質素で静かな生活を営んでいた村は混乱におちいり、政府は軍隊に道路を封鎖させてヒッピーたちを追い返した。

六〇年代のドラッグカルチャーやロックの原点がサビーナとの出会いから生まれたとすると、それに影響を受けた現代のトランスミュージックやハリー・ポッターまで、すべてはこの村からはじまったのだ。


「さっそくサビーナの一番弟子、イネスのところにいってみよう」

僕たちは市場の喧噪《けんそう》をぬけ、ほこりっぽい坂道をのぼっていく。

「ちょっと心配なのは雨期の前や季節によってキノコが採れないこともあることだ」

「もしキノコがなければ、あたしたちはキノコの精霊に呼ばれてないってことね」

ランディがきっぱりと言った。

「そうだね、まだ心の準備ができてないっていうか……」

野犬の咆哮《ほうこう》とともに大将の大きな背中が視界から消えた。見おろせばコンクリートの側溝に足を取られた大将がころがっている。

「だいじょうぶ？　また右足ね」

ランディが手をのばし大将は上半身を起こした。

「あたたた、でもテーピングのおかげで助かったよ。二回も同じ足をくじくなんて、不吉な予感がするなあ」

しつこく吠《ほ》えかかる犬に子供が石をぶつけた。二個目を拾ってかまえると、犬はすごすごと逃げていく。

「パブリート！」

イネスの末っ子パブリートは今年十二歳のはずだ。一年見ないあいだにずいぶん成長している。

「お母さんに会いにきたんだ」

僕はパブリートを抱きしめる。こいつはいたずら小僧のくせに、憎めない愛嬌《あいきょう》がある。

「ママはオアハカにいって、いないよ」

「え、マジかよ」

僕はパブリートをヘッドロックする。

「おまえまたウソついてんじゃねえのか。まえも僕のシャーペンを貸してとか言ってがめちゃったくせに」

「ほんとだよう、祭のために市場で売る陶器を買い出しにいってんだ。あさってには帰るって言ってたよう」

われわれは顔を見合わせた。

「しょうがない、あさってまで待つか」

「教えたんだからアイス買って」

とぼとぼと市場にもどり、パブリートにチョコバーを買ってやった。なにやら赤い粒が散らばるアイスを僕が買うと、パイナップルと唐辛子のアイスだった。冷たい《クール》はずのアイスが辛い《ホット》とは。

「ねえ、マリア・サビーナの家にいきたいわ。孫があとを継いでいるんでしょ」

「おー、その手があったんだ」

タクシーに「マリア・サビーナの家」とたのむとボラれる可能性があるので、近くにある病院の名を告げた。「クリニカ・ホスピタル・デ・カンポ」という名前を直訳すると、田舎病院診療所。まんまじゃん！　とつっこみたくなる名前である。

「サビーナの家にいくんでしょ」

やばっ、見抜かれてる。

舗装されてない坂道をエル・フォルティンと呼ばれる山頂へとあがっていく。ただでさえへんぴな村の、さらにへんぴな山の頂に住むサビーナのもとへよくも世界中から人が集まったと感心してしまう。

「わたしはサビーナの家へ行くヒオレンオを見たことがありますよ」運転手が言う。

「ヒオレンオ？」

「なあんだ、日本人はヒオレンオも知らないんですか。ベアトレスのヒオレンオはメガネをかけて……」

僕は頭の中でスペルチェックする。ヒオレンオ＝JIOLENO＝JOHN LENNON。

「あっ、ビートルズのジョン・レノンか」

「あっはっは、ヒオレンオってハポンよりマヌケー」

ランディはリアシートで腹をかかえて笑っている。ジョン・レノンは三度ほどサビーナのもとを訪れている。これは伝説となったんで確かめようがないが、「あなたの頭を銃口が狙っているから気をつけなさい」とサビーナは忠告したという。

「おっ、ここだ、ここだ」

タクシーを降りると掘っ建て小屋みたいな売店があり、左奥にはいっていくと黄色いトタンで囲まれた儀式用の建物が二棟ある。壁に貼りつけられた赤いハート型の紙には「あなたとわたし」と書かれていて、とてもキュートだ。鍵《かぎ》のかかってない母屋の正面から呼んだが誰もでてこない。家の裏手にまわると、サビーナの孫フィロゴニオが薪《まき》割りをしているではないか。五十代には見えない精悍《せいかん》な筋肉がランニングシャツからむきだされる。

「あのう、去年の五月にきて、梅雨前なのでキノコがないって断られたものです」

フィロゴニオはひたいの汗を太い指でぬぐった。

「あっはっは、よっぽど運のないやつだな。残念ながら俺は明日からメキシコシティで講演があるんだ」

またもだめかよ。

「やっぱ呼ばれてないいんじゃない」

ランディが小声で耳打ちする。

「じゃあサビーナばあちゃんの祭壇にお祈りさせてください」

フィロゴニオはこころよく案内してくれた。ベージュ色の壁には十字架のキリスト像がさがり、雑誌の表紙を飾ったサビーナの白黒写真が貼ってある。どこにでもいる小柄なおばあちゃんだが、遠くを見つめる眼差《まなざ》しは深い。

サビーナは村を混乱に陥れた張本人として投獄され、家や売店に放火され、ピストルで尻《しり》を撃たれ、夫は山刀で斬《き》り殺される。一九八五年、サビーナはオアハカの病院で九十一歳の人生を閉じた。

机の上に立てかけられたクリップボードには、サビーナに抱かれる赤ちゃんのフィロゴニオや彼の両親の写真があった。

サビーナの父親や祖父、曾《そう》祖父もシャーマンだったし、サビーナが死んでもフィロゴニオにその血が受けつがれている。

サビーナの精神的遺伝子というかスピリットはヒッピーやミュージシャンたちに広がり、それで育った僕たちに影響を与え、僕たちの作品を見た次の世代へと波紋のように広がっていく。

庭からはウアウトラの全景が見下ろせる。雄大な山々にマッチ箱のごとくはりつく家々、白い霞《かすみ》がたなびき、霧が谷底に沈んでいく。壮絶な人生と引き替えにたくさんの人に贈り物を与えつくした老婆は、今も人々の心に生きつづけている。


「ねえ、ほかにキノコのシャーマン知らない？」

われわれはがっくりとうなだれてタクシーにもどった。

「わたしが胸の病気になったとき、治してくれた女性シャーマンがいますよ。やはりキノコを食べて虫を出すんです」

「なによ、なによ、その虫ってのは」

ランディがフロントシートにのりだしてくる。

「ホアナ・フリアっていう気持ち悪い虫なんですけど、呪いをかけられたその虫が私の胸の中にはいりこんで内臓を食い荒らしてたんです。わたしは胸のあたりに痛みを感じ、何度か血を吐きました。それをシャーマンが吸い出してくれたんです」

寄生虫とかかな？　でも血を吐いたりするんだから胃潰瘍《いかいよう》とか食道ガン、気管支炎や肺結核かもしれない。そんな重い病気を虫で治しちゃうシャーマンにぜひお目にかかってみたいものだ。

「いきたい、いきたい、虫おばちゃんとこ連れてって」

SPTE

タクシーはさらに山奥の道へとはいっていった。サビーナの家から十分もかからないところで車は止まる。

「この丘にホアンナの家があります。わたしが紹介しますよ」

運転手に連れられて丘の一本道をのぼっていくと、粗末な家が見えてきた。犬が飛びだしてきて吠えるが、襲う気はないらしい。豚が一頭木につながれ、奥の小屋からも豚の鳴き声が聞こえてきた。ニワトリが庭をつつきまわり、猫がベンチの上でこっちを見ている。

ロバの上に犬がのり、犬の上に猫がのり、猫の上にニワトリがのって盗賊を脅かす「ブレーメンの音楽隊」を思いだした。彼らはブレーメンで音楽家になりたくて旅立ったのに盗賊を退治して満足し、そこに住みついたという。たしか教訓は「目的は達せられなくても自分で満足すれば、人生は十分である」とかいうものだ。

台所の小屋から高校生くらいの女の子が出てきて、あやしい東洋人たちをながめた。運転手が説明すると、お母さんを呼んでくれる。

大きなだんご鼻のがっしりした女性シャーマン・ホアンナがひっつめの髪を束ねながらあらわれた。シャーマンはマサテク語で話し、娘が通訳する。

「この外国人たちはどこが悪いんだいって訊《き》いてます」

「いいえ、病気じゃないんです。キノコの儀式を体験したいって言うんで案内しました」

運転手が弁解するように言った。たしかに地元でキノコをつかうのは病気を治すときだ。

トリップを体験したいなどという外国人の言い分は、理解に苦しむだろう。ホアンナが強い眼光で僕たちを一瞥《いちべつ》した。遊び半分な心を見透かされているようで、すくんでしまう。

「今晩八時にきてください、この人たちの病気を治すからと」


「いったいどんな虫がでてくるんでしょうね」

大将はスイスアーミーのナイフで刻んだたまねぎに目をしょぼつかせている。僕たちは今晩の儀式にそなえて肉をひかえ、市場で買ってきた新鮮な野菜を食べている。

「目黒《めぐろ》の寄生虫博物館で見た九メートルのサナダムシがでてきたらやだなあ」

ランディがたっぷりと水気をふくんだキュウリをバリバリ音を立ててほおばる。ホテルの路上にならんだテーブルに受付の女の子がコロナのびんにはいったマリーゴールドの花をおいていく。

「グラッシャス、ボニータ（ありがとう、かわいこちゃん）」

女の子はちらっと目を上げてタッキーを見た。おそらくこのホテルの娘だろう。年の頃は二十歳、黒い瞳《ひとみ》と意志の強そうな眉毛《まゆげ》が魅力的だ。

「サンキュー、ボニート」

女の子はかすかに微笑むとレセプションのカウンターに引っこんでしまった。

「聞いた？　ボニートってかわいい男の子って意味でしょ」

「売り言葉に買い言葉つーか、ただの社交辞令だよ」

僕は浮き足立つタッキーを制し、岩塩だけをぶっかけたトマトにかじりつく。

「愛してるってなんて言うんです」

「学習意欲を性欲でおぎなってるな。愛してるはテ・キエロだよ」

タッキーは手の甲にカタカナでメモるといきなり席を立った。

「待てー、プロセスを飛ばすなー」

もどってきたタッキーのほおが赤くなっていたんで、びんたを食らったと思った。

「カルメンと、明日の九時にディスコにいくことになりました」


「なんかやな予感がするなあ」

大将はタクシーの座席で貧乏揺すりしていた。ランディが大将のひざにさわると止まるが、すぐ震えだしてしまう。

夜八時、街灯ひとつない山奥で僕たちは降ろされた。運転手は儀式が終わる夜中の一時に迎えにくると言って去っていった。われわれがホアンナの家につづく丘をのぼっていくと、がっしりした男のシルエットがふたり、月明かりに浮かびあがった。僕が頭につけた青色ダイオードのヘッドランプで男たちを照らした。ホアンナに似た二十代の屈強な若者だ。

いったいなにがはじまるんだろう。もしここで仲間を危ない目に遭わせたらやばい。

「こっちで待っていてください」

ブリキで囲われた納屋に案内される。土を叩《たた》いて固めた床に木製のベンチがあり、奥に泥だらけの自転車が立てかけられている。祭壇と思われる机には二本のろうそくが立てられ、野の花がコップに生けられていた。ブリキの壁には聖母マリアのポスターが一枚貼ってあるだけだ。

「ひえっ、これなに」

ランディが小さな悲鳴をあげる。天井の梁《はり》から干からびた小鳥の死骸《しがい》がぶら下がっていた。

「たぶん魔よけとか、呪術《じゅじゅつ》的なものにつかわれるんだろう」

僕は内心のあせりをおさえて言った。となりの豚小屋から地獄の亡者のようなうめきが聞こえてくる。

「まるでホラー小説みたいなシチュエーションだな」

大将が言う。たしかにこんな山の中で叫んでも誰にも聞こえない。運転手は夜中の一時までこないし、彼らが僕らを殺して、あいつらは歩いて帰ったとか言えば、それで終わりだ。

恐怖と寒さに震えながら一時間以上待たされ、もう忍耐の限界に達したとき、木戸が開いた。ろうそくをもったホアンナは大きなだんご鼻を下から照らされ、映画にでてくる魔女そのものだった。

「今から儀式《べラーダ》をはじめます。みなさんについた魔を払ってさしあげましょう」

息子と思われる青年が通訳するが、マサテク語なまりのスペイン語が聞きとりづらい。バナナの皮にのせられた乾燥キノコを二本ずつわたされる。ホアンナは五本ほどをつかんで口にいれた。われわれも合図とともに食うが、かみ切れないほど硬い。いくら噛《か》んでも味はなく、わずかに金属っぽい苦みが溶けだしてくるだけだ。むりやり呑《の》みこむと喉《のど》のあたりが痛くなった。

ホアンナはマサテク語の祈りをあげ、ベンチにならんだわれわれのひたいにシューッと息を吹きかける。うしろにまわりこんだホアンナは大将の背中に手をかざした。

「あんたはいろんなもんを背負いすぎだよ。内臓がかなりやられちまってる。まわりのものを整理してすっきりさせないとまた病気になるよ」

ホアンナは大将が入院したことも知らないのに「また」病気になると言った。大将は会社の役員もやっている。写真と両立させるには人の二倍も働かねばならなかった。おまけに人一倍やさしいので、気を遣いすぎてへとへとになってしまうのだ。

ホアンナは大将の背中の真ん中あたりに口をあてた。キスのような音を立ててなにかを吸い出しているようだ。ベンチの前にまわりこんだホアンナは手の平に黒いものを吐き出した。

虫だ。

トンボの幼虫にも似た二センチほどの虫で、羽はなく、三角の頭に複眼があり、横縞《よこじま》のはいった胴体に折れ曲がった手足がついている。

「この虫があんたを病気にしていたのさ。二度と虫につけいられないように、どっしりとかまえな」

ホアンナはランディの体に手をあて、患部を見つけたらしい。ランディの後頭部から虫が吸い出された。

「あんたは頭が悪いよ」

僕は小さく吹き出した。作家が頭悪いとか言われちゃってもなあ。

「つかいすぎてボロボロになってるよ。あんたには頭の大掃除が必要だね。あれもこれもってつめこまないで、必要なものだけを選びとる目を養いなさい。それから南の方角から呪いがきてる。疲れていると悪い想念とも同調しちゃうから気をつけることだね」

タッキーは胸のあたりから虫がでた。

「あんたは感情に走りすぎるようだね。もっと大きな目でものごとを見ていかないと、同じ失敗ばっかくりかえすよ」

　僕は頭と腹と腰と三匹も虫がでやがった。

「あんたも抱えすぎ。いつまでも健康だと思って体を酷使すると、一気にくるからね。もっと自分をいたわってやりな」

　おそらくこの虫は体からでてきたものじゃないだろう。アマゾンをはじめ世界中のシャーマンが釘《くぎ》やガラス片や内臓などを患者の体内から取り出したりする。科学者はこれをトリックとして批判するが、患者を治療に参加させるためのプラシーボ効果なのである。病は気からというが、人間の治癒力は暗示によって活性化される。わずか数百年の歴史しかもたない西洋医学が広まるまえの数万年間、われわれはシャーマンによって治療されてきた。

「これで終わり？　ぜんぜんビジョンとか見えないんだけど」

　ホアンナが部屋を出ると、ランディが話しかけてきた。

「干からびたキノコ二本じゃむりだろうな」

「こんなんじゃ満足できない」

　ふつう幻覚物質を摂取すれば寒さや空腹を感じないはずだが、思いっきり寒いし、腹もへった。

　十六歳の娘フリアに呼ばれ、母屋にはいった。四つほど粗末な木製ベッドがならんでい

ほら、これがあなたの中にいた虫だ。

る。なんかいい匂いがすると思ったら、フリアがノパリーニョというウチワサボテンのスープを運んできた。布ナプキンにくるまれているのは焼きたてのトルティージャだ。灰色がかっているのは紫トウモロコシをつかっているからだ。われわれは待ってましたとばかりスープにむさぼりついた。サボテンはやわらかく酸味がきいていて美味《うま》い。体の内側から暖まってくるのがわかる。

食事を終えて時計を見るとまだ十一時である。タクシーが迎えにくるまで二時間もある。二十四歳の息子レイムンドと二十二歳のエドアルドが話しかけてきた。

「カラテはできるか」

世界中旅行していると真っ先に訊《き》かれる言葉だ。ブルース・リーのおかげで、東洋人はみんなカラテができると思いこんでいる。

「ああ、できるよ」

僕は二十歳の頃極真空手の本部道場にかよっていたことがある。旅人にとって空手は、鶴の折り紙やポケモンソング以上のコミュニケーション・ツールである。

「それじゃあ、正拳《せいけん》突きからだ」

レイムンドとエドアルドを僕のまえに立たせた。足を内股《うちまた》のハの字に立たせ、拳《こぶし》を上向きにわきの下につけさせる。

「いいか、拳を下向きにひねって突き出すんだ。いち！　にい！　さん！」

日本語のかけ声に合わせ、息子たちが僕をまねる。上段、中段、下段の突きと内受けと外受け、下段払いを教える。こいつらかなりすじがいい。バナナ園の農作業で鍛えた腕は太いし、腰も安定している。

つぎは蹴《け》りだ。僕が上げた手に届くよう前蹴り、横蹴り、後蹴りを練習させる。体がみるみるうちに暖まり、やつらも熱くなってきた。部屋にあった洗濯ロープの片方をもち、回し蹴りや跳び蹴りまではじめる。

「よし、今度は柔道を教えよう」

楽しくやっているのを見て、大将が起きだしてきた。

「大将、足首は平気なの」

ベッドのうえで毛布をかぶったランディがうらやましそうに言った。

「どうせ素人だから、ちょろいちょろい」

部屋じゃせまいので庭にでる。寒いもんだからタッキーまでいっしょについてきた。背負い投げ、体落とし、内股、大外刈りなどの基本技をみんなで練習すると、ちょっと組み手をやろうということになった。

年上のレイムンドと大将がよつに組んだ。大将は引き手をうまく逃しながらチャンスをうかがうが、レイムンドの粘り腰はびくともしない。業を煮やした大将が仕掛けた。レイムンドを前に引き、もどるわずかなすきをついて懐に入りこんだ。ささえつり込み腰から腕をとり、一本背おいにもっていく。

つぎの瞬間、宙を飛んだのは大将だった。

裏向きに投げられた大将は左の脇腹を硬い地面に打ちつけた。大学の柔道部出身者が受け身さえできないほどレイムンドの馬鹿力は凄《すさ》まじかった。

「だいじょうぶかっ」

大将にかけよると、完熟梅干しのように顔をすぼめた大将がつぶやいた。

「い、息ができない」

二度も足をくじいたうえに、さらに追い打ちだ。騒ぎを聞いて部屋から出てきたランディがあきれ顔で言った。

「大将の言ってた悪い予感って、ホラー小説じゃなく、笑い話のほうだったのね」

地面に突っ伏したままの大将が虫の息で答える。

「笑い話じゃありませんよ……肋骨《ろっこつ》、折れてます」


「オレー！」

ラジカセから流れる熱いリズムにカルメンが腰をくねらす。タッキーがサルサを教えてくれとたのんだのだ。かんたんなメインステップからタッキーの手をとってホールド、強い視線で見あげてくるカルメンにタッキーは翻弄《ほんろう》される。ホテルのまえでくり広げられるこの異色ペアのダンスに通行人まで喝采《かっさい》し、僕たちも手拍子で盛り上げる。サイドブレークしたカルメンは両腕を上げターンする。黒い脇毛のそり跡がタッキーの欲情に火をつける。タッキーがカルメンの後にまわりこみ、クロス・ボディ・リードで腰を引きよせた。

「カルメーン」

ホテルのフロントで母親が呼んだ。

「じゃあ今夜九時にここでね」

カルメンは魅惑的なウインクを残し、引きあげていった。

「せっかくいいとこだったのにな」

タッキーは不服そうに僕たちのテーブルにもどった。

「いいかタッキー、キノコの儀式の前後はセックスもマスターベーションも禁じられてるんだ。イネスは今日帰ってくるんだからな」

奥のレセプションではカルメンがウォークマンで音楽を聴きながらこっちをちらちらうかがっている。

「そんなあ、知り合ったばっかでセックスはむりですよう」

「むりとか言って、そのにやけよう！　ねえカルメンにせまられたら、セックスと仕事どっちをとる？」

ランディが意地悪くつっこむ。タッキーは言葉をなくして真剣に考えこむ。

「セックスに決まってるでしょ。仕事とるバカがどこにいんの。仕事なんかとってたら人類は存続してないわよ」

ランディが豪快に笑い飛ばす。

「そ、そうですね。カルメンは絶対ぼくに惚《ほ》れてると思います。ぼくはいつもみんなといっしょだし、親の目もあるから遠慮してるんですよ。カルメンは英語も話せるし、最新のヒット曲にもくわしい。こんな田舎においておくにはもったいないですよ。カルメンが二十歳、ぼくが二十七歳、海を越えた情熱の恋って感じです」

僕はタッキーの目のまえで手の平をゆらゆらさせた。

「カルメンの正体だけは教えたくなかったが、しかたがない」

「どうせビッチとか娼婦《しょうふ》とか言うんでしょう」

タッキーは鼻で笑った。

「ふっ、タッキー、君はまだまだ甘いな。カルメンは、カルメンはだな……」

僕はわざと長い間合いをとる。

「ボーグだ」

「ぼうぐ？」

「そう、このホテルのオーナーが地下の研究室で長年にわたり試作を重ねた末に完成させた客引き専用サイボーグなのだ」

「あたたた、だめ、アキラさん笑わせないで」

大将が肋骨を押さえて丸くなる。

「もちろん英語やサルサや……脇毛などの機能もついているし」

「脇毛の機能って」

いきなりかけ足で子供が割りこんできた。パブリートだ。

「ママが帰ってきたよ」

僕たちは急に色めきたった。パブリートのあとを小走りに追いかけていく。市場の人ごみにぶつかりそうになりながら、突き進む。ブルーシートを透かした陽光が空間を海底のように染め、もの悲しい祭の音楽が厳かな活気を紡ぎだす。

「イネース！」

陶器や刺繡《ししゅう》のドレスをならべた台から上品なインディオ系の女性が彫り深い目を見開いて立ちあがる。僕は両ほおにキスを返し再会を喜び合った。

「イネスに会わせるため日本からアミーゴたちを連れてきたんだ。さっそくだけど、明日の夜とかセッションをやってもらえないかな」

イネスは展開の速さに驚きながらも慈愛に満ちた目で微笑んだ。

「わかったわ、最高のセッションをしましょう。……だって明日はわたしの誕生日だから」

「タッキーもデートまでひまだろう。近くのサン・アンドレス村でもいってみるか」

タクシーにのりこみ、ウアウトラよりさらにちっちゃな村へいってもらった。三十メートルほどしかないメインストリートには、こぢんまりとした商店がならぶ。シャーベットオレンジやペパーミントグリーンで塗られた壁に、空色のプラスチックバケツにはいった花々がかわいいコントラストを見せている。犬たちが道路の真ん中に寝てるのんびりとした村である。

唯一の大きな建物の一階は市場、二階は学校になっている。昼すぎのせいか市場は閑散としている。音楽が上の方から聞こえてきたので屋上にのぼってみた。

鉄骨をブリキでおおった屋根のしたに赤いバスケットポールが立ち、紺のカーディガンにグレイのスカートをはいた中学生たちがフラフープダンスを練習している。どうやら運動会の見せ物らしく、みんなが音楽に合わせ同じ動きをする。

「ねえねえ、あれホアンナの娘じゃない？」

「あっそうそう、フリアだ」タッキーが叫んだ。

タッキーは『地球の歩き方』とか平気で飛行機に忘れてくるくせに、女の名前だけは忘れない。

練習が終わって僕たちが手をふるとフリアが恥ずかしげに笑った。外国人なんぞ見たこともない村でビートルズのように登場した僕たちはモテモテである。フリアはスーパースターの知り合いということでみんなに冷やかされる。とくにイケメンであるタッキーとの関係を疑われ、つっつかれるのだ。

ストリートにもどると、小学生が僕たちを取り囲む。カメラをもった大将に「ぼくを撮って」「わたしを撮って」とおねだりする。大将がカメラをかまえると、みんながいっせいに気をつけした!

「あはは、もっとリラックスして、そう自然に……」

大将は子供たちが可愛くてしかたがないという表情でふりむいた。

「ぼくにもこんな風に笑えた時代があったんだなあ。子供の笑顔は魔法だよ」

タッキーは『旅の指さし会話帳28　メキシコ』をとりだした。スペイン語がかわいいイラスト入りで説明されているから小学生たちも大いに盛りあがる。

「ハポンてどこにあんの、メキシコシティより遠いの」

五十歳くらいの酔っぱらいがやってきて話に割りこむ。

「おれはテレビで見たぞ。ハポンはな、朝から晩までみんなで自動車つくってるんだ」

おっさんはろれつもまわんないし、メスカル酒臭い。

「子供もみんな電話もってんだぞ。こーんなちっちゃくて、ひももついてない電話だぞ」

ウアウトラではふつうの家庭に電話もテレビもない。

「ウソつけー」

おっさんは子供たちに押されて、あっちへふらふら、こっちへふらふらしている。

子供たちはタッキーたちにまかせ、僕とランディは群れをはなれた。商店街をぬけるとゆるやかな崖《がけ》にでる。斜面には黄色い花々が浮かびあがり、向こう岸の斜面に霞《かすみ》にけぶる家々が点在する。

「あの酔っぱらいのおっさんを見てたら、うちの父親を思いだしちゃった。漁師だからね、酒を飲んだらもう手がつけられないの。大声で人を罵《のの》ってさ、あたしと兄はいつも震えてた」

ピーコック・グリーンのカーディガンを着たランディがぼそっとつぶやく。

「わかるよ、うちの親父も酒乱で七歳の僕をけりまわすんだ。子供の頃はおやじを殺すことだけを夢想してた」

ランディは唇のはしを少しだけゆがめて僕を見た。

「あたし、子供の頃と今を繋《つな》ぐ回路を探そうとしているって言ったじゃん。でも大人になったあたしの無意識が子供時代の悪い想い出だけにふたをして勝手に憧《あこが》れているだけなのかもしれない。だって子供の頃は早く大人になりたいって憧れていたし」

僕の視界からランディが消えた。しゃがみこんで枯れたトウモロコシ畑を見つめている。

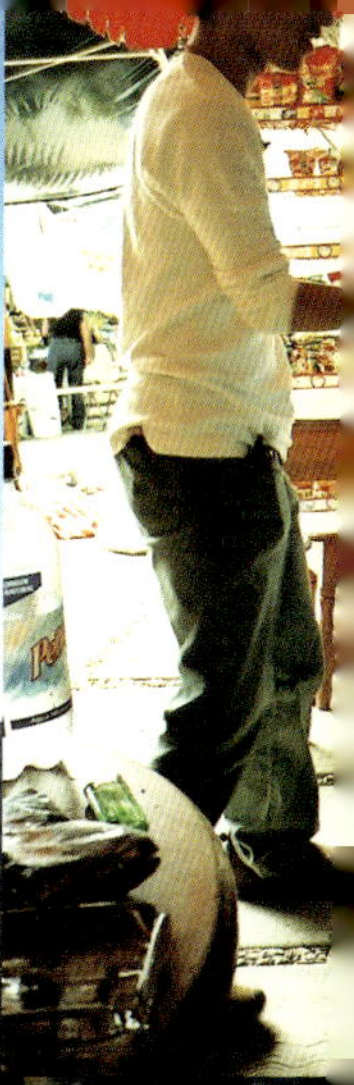

「……本当は怖いの。だって子供の頃にもどったら酒乱の父におびえてるあたしがいるかもしれない」

中禅寺湖のキャンプでランディがなぐさめや同情の言葉をかけなかったように、僕は口をつぐんだ。すべては今夜のセッションで答えがでる。

枯れたトウモロコシの根本からいきなり小鳥が飛び立ち、霞の中に消えていった。


「黄金だあ！」

イネスの家のベランダには夢のような光景が広がっていた。朝の陽差しに照りかえす金色のキノコ、キノコ、キノコが新聞紙のうえに干されている。

「どう、本当に美しいキノコでしょ。キノコ名人のおじいさんに採ってきてもらうんだけど、わたしの誕生日だからわざわざ遠くまで出かけて最高のものを採ってきてくれたの」

いつもは慎ましく話すイネスも少々興奮気味だ。

「これって百本くらいありますよね」

昨日カルメンがあらわれなかったので落ち込んでいたタッキーも目を輝かせる。

「ぜんぶあなたたちのものよ」

イネスはセッションのとき、自分でキノコを食べない。

「虫おばちゃんのとこじゃ干からびたのを二本しかくれなかったのに。四人じゃぜんぶ食べられないでしょう」

大将でさえ肋骨《ろっこつ》の痛みを忘れてよろこんでいる。

「だいじょうぶ、ここにギネス記録の人がいるから。サビーナでさえ三十本が限界だったキノコをアキラは五十本食べちゃったのよ」

「ええーっ、だってゴードン・ワッソンだって六本で天上界とかいっちゃったんでしょ。アキラさんてキノコ種目の金メダリストだったんだ」

となりにいたタッキーがいきなり僕の手をにぎってくる。われわれはコンクリートのベランダに腰をおろし、幸せな気分でキノコをながめた。

「あたしとアキラはイネスと同い年よ」ランディが言う。

「本当っ、あなたたちのほうが十歳くらい若く見えるわ」

精悍《せいかん》な褐色の肌をもつイネスが答えた。

「お世辞でもうれしい。ねえねえイネスはサビーナといつごろ会ったの」

ランディはまるでクラスメイトのように話しかけた。初対面の人にもすっとはいっていく。

「最初はおぼえてないけど、八歳くらいから毎日のようにマリアのうちに遊びにいってた。いつも白い人たちがいて、キャンディーやチョコレートをもらえたからよ。アメリカ人はスペイン語の通訳を連れてきてたけど、マサテク語がわかんないでしょ。わたしはマサテク語とスペイン語が飛び交う家で育ったから、自然に通訳してたの。それから二十歳ころまでずっとマリアを手伝っていたわ」

「じゃあビートルズとかにも会ってますよね」

タッキーが編集者らしい質問をした。

「ううん、よく訊《き》かれるんだけど、白い人はみんな長髪に髭《ひげ》を生やしていて同じに見えちゃうのよね。毎回この人たちは有名だって言われても、レコード買うお金もないし、いまだにビートルズの誰とかわかんない」

イネスの話を聞いていると、有名人話にこだわる自分たちがバカらしくなる。サビーナは求めてくる人をふつうに癒《いや》し、イネスは遊びといっしょに通訳していたのだ。

「はじめてキノコを食べたのはいつごろですか」

大将はキノコをもったイネスをさまざまな角度から撮影する。

「わたしが十七歳のとき、妹の喉《のど》に腫瘍《しゅよう》ができたの。マリアは忙しいし、手術するお金もなかったから、わたしたち家族全員でキノコを食べて祈ったわ。妹は血を吐き、腫瘍がせりあがってきたの。お父さんがカミソリで妹の喉を切り、腫瘍を切りとって、傷跡を糸で縫っただけ。妹はつぎの日から元気になっちゃった」

「あるんだあ、そんな不思議なことって」ランディがため息をつく。

「わたしが子供の頃にはオアハカにいかなきゃ病院はなかったし、キノコが病気を治してくれるのがあたりまえだったからね。さっ、今晩の儀式にそなえて体をきれいにしましょ」

イネスは祭壇のある部屋にわれわれを招きいれた。

祭壇の壁はビニール袋にはいった聖母マリアやキリストのポスターで覆われている。ダビンチの「最後の晩餐《ばんさん》」やラファエロの「聖母子像」のコピーもあるが、ほとんどがメキシコのポスター画家の作品である。祭壇にはたくさんの花が供えられ、なぜか「くまのプーさん」のぬいぐるみが置かれている。

ふだんはパブリートと十四歳の娘べゴニアの部屋としてつかわれていて、二つのベッドがならび、横の壁にはメキシコのアイドルのポスターが貼られている。

「これはリンピアという儀式でお掃除って意味なの。祭壇のまえにみんな立って」

イネスは卵に息を吹きかけながらひとりひとりの体をこすった。

「この卵が汚れを吸いとって、体をきれいにしてくれるの」

変に神秘的な雰囲気はなく、窓ふきでもするようにイネスは丹念に頭から手足までを掃除してくれる。去年は二個の卵で体をこすり、一個はホテルの窓から後ろ向きに投げろと言われたが、今回は一個だ。

「この卵は食べないんですか」ランディが訊く。

キノコ採り名人による大地からの贈り物が届いた。
我々にセッションを開いてくれるイネス。

「まさかあ、せっかく取りだした病気をまた食べるなんて」

　まずは大将の卵を割る。

「あーら、かんたんに割れちゃって殻がうすくなってるわ。中身も疲れてるからようく休みなさい」

「え、ええ、メキシコにきてから二回も足をくじくし、昨日の怪我で肋骨にもヒビがはいってるみたいなんです。これだけ不運が重なるってひどいですよね」

「ううん、マサテク族のあいだで怪我や病気は古い自分が生まれ変わるときの前兆だと言われてるわ。無意識にしろ、そのメッセージを敏感に感じる能力があるから怪我をするのよ。あなたの中でなにかが目覚めはじめているのかもしれない」

　つぎはタッキー。

「あなた、恋してるでしょ」

「ええっ、なんでわかるんですか」

　タッキーはちょっと狼狽《ろうばい》する。

「だって黄身が赤みがかっているもの。黄身が赤くなるのは病気になりはじめるときと、恋してるときなのよ」

　つぎはランディの番だ。

「あなた……これから恋をするわ。近いうちにね」

「えっ、近いうちって、このメンバーじゃやだなあ」

「ゴールデン・マッシュルーム三人組に対して失礼な」僕が言う。

「アキラはずっとよくなってる。去年はドロドロだったものねえ。この仲間たちに感謝しなさい。これからもっとよくなるわ。さあ、これで準備完了。今夜は本格的な大掃除になるから覚悟しといてね」

「本格的な大掃除ですか」

不安そうなランディをイネスが笑い飛ばした。

「だいじょうぶ、わたしの誕生日なんだから。みんないっしょに生まれ変わりましょ」


「金メダリストとして、魔法のキノコがどういうものかアドバイスしてくださいよ」

イネスの家からの帰り道、タッキーが僕に言った。

「ここのキノコはマサテク語でテオナナカトルっていうんだ。神の肉っていう意味だよ。マジックマッシュルームの分布は中央アジアから南アジア、北米大陸から南米におよぶけど、ここがキノコの聖地として伝統を守ってこれたのは、マサテク族の深い理解とここの気候がつくりだす上質の品種なんだ」

「つまりほかの土地のキノコより飛ぶってことですね」タッキーが念を押す。

「ダントツにすごい。幻覚を引き起こす有効成分は、シロシビンとシロシンなんだけど、シロシビンとシロシンは分子構造が神経伝達物質のセロトニンとよく似てるんで前頭葉のセロトニン受容体がまちがって結合してしまう。すると脳の情報検閲をする視床下部が麻《ま》痺《ひ》して、膨大な情報が前頭葉に流れこむんだ。無意識のいちばん底に眠った記憶まで呼び起こされることもあるぜ」

「中毒性はないんですか」大将が訊く。

「ヘロインやコカインのような中毒性はないけど、熟練したシャーマンの導きがないと深い無意識に降りていけないし、ひとりでパニクって自殺しちゃう人までいるからな」

「自殺?」

ランディが敏感に反応した。

「ああ、僕の友人にビルの窓から飛び降りたやつがいる。だから僕は遊び半分に日本でやるドラッグには反対なんだ。何百年もの知恵を受けついだシャーマンと、それを育《はぐく》んだ土地の磁場と、信頼できる友人、その三つがそろわなきゃ絶対やっちゃだめだ」

ホテルに着いた僕たちがいつものテーブルに座ると、タッキーを見つけたカルメンが走りよる。

「ごめんなさい、昨日は友だちが病気になっちゃって」

キノコの里は植物の楽園だった。

カルメンはすまなそうに目を伏せる。長いまつげが午後の太陽にくっきりとした影をつくった。

「今日は七時にあがれるから」

カルメンは熱い眼差《まなざ》しでタッキーを見すえる。

「ごめん、今晩はみんなと遠い旅に出るんだ」


「いよいよね」

緊張気味のランディに僕はうなずいた。

「ああ、いよいよだ」

祭壇とイネスのあいだに僕たちは座る。

「打ち上げ前の宇宙飛行士みたいな気分」

僕がランディの手をにぎる。

「どんなに大きな津波がきても逆らって泳いじゃだめだ」

ランディは大将の手をにぎる。

「流れに身をまかせて、ちっぽけな自我を明け渡すことだよ」

大将はタッキーの手をにぎった。

「明け渡すってことは、宗教とか他人じゃなくって、自分のなかに眠ってる大きな愛に身をゆだねるって感じかな。ごめん、理屈っぽくなっちゃって」

「だいじょうぶ、あたし小説書くとき、そうしてるから」

「僕も写真を撮るときは相手任せです」

「編集者も……恋もいっしょですよ」

　タッキーの手がのびてきて、輪がつながった。

　イネスは祭壇のろうそくをとって、陶器にはいった琥珀《コパル》をいぶす。香ばしいなつかしさが鼻孔粘膜を刺激し、部屋全体が厳かな薫りで満ちる。

「あら、今日のコパルはすごいわねえ。コパルが強く香り立つと願いが届くって言われてるのよ」

　健康と仕事を司るカカオとキリストの血だというシェリー酒《ヘレス》を祭壇に捧《ささ》げ、イネスがキノコの根をていねいにとっていく。朝には黄金に輝いていたキノコがいくぶん茶色がかっている。

「ふつうのセッションはひとり八本ずつよ。でも今日は十六本ずつ配るわ。むりしてぜんぶ食べる必要はないのよ」

　口のなかで新鮮なキノコがさらさらっとくずれていく。無味無臭でびっくりするほど食べやすいキノコだ。去年食べたものより上質な気がする。安心できる環境にいるせいか、

イネス、ランディ、アキラ。三人は同じ年齢だった。

みんなするすると口に運ぶ。イネスがやさしい声で讃美歌をうたいはじめる。

歩いていきなさい
この人のあとを
彼はあなたの痛みを背負っている
歩いていきなさい
この人のあとを
彼はあなたを光へと導いてくれてる

ふつう三十分はかかるのに、もう微細なトリップがはじまっている。祭壇のろうそくに目が惹《ひ》きつけられ、瞳孔《どうこう》が拡大する。炎がこちらを誘うように踊っている。舌先や手足が痺《しび》れ、少しかゆくなってくる。目を閉じると放送終了後のテレビから流れる砂嵐のような音が聞こえ、万華鏡のような幾何学模様が呼吸するように波打っているのが見える。
野犬の咆哮《ほうこう》が花火のごとく打ち上げられ、七色の粒になって視界を舞う。花火のかけらが落下しながら左右に揺れるたび、野犬の喉《のど》から放たれた唾液《だえき》が地に落ち、小さな花を芽吹かせた。どうしてだろう、犬の唾液は種子なんてふくんでいないのに。もう一度犬が遠くで吠《ほ》えた。思考が勝手に犬の感情を分析する。僕たちはこの谷を守っているんだ。霧や水分は霊を通過させやすいから、ここはさまざまな精霊がとおる。精霊の中には人間を助けてくれる者もいれば、危害をおよぼす者もいる。僕たちの役目はそれを人間に知らせることさ。ふと、自分が犬の立場でものを考えていたことに気づく。

「パブリート」

イネスに呼ばれたパブリートは横になった大将のもとにひざまずく。大将は体を胎児のように丸め少し苦しそうだ。パブリートは無言でマッサージを施す。ふだんは憎らしいいたずら小僧なのに、人の痛みをわかるイルカのような感性をもっている。

自伝小説『神の肉』にくわしく書いたが、去年のセッションのとき僕は長年引きずったトラウマに悩んでいた。ドメスティック・バイオレンスを受けつづけた父への憎しみ、別居とともに六歳の僕を置き去りにした母への恨みが捨てられなかったんだ。五十本のキノコを食べて苦しむ僕の横にパブリートがすべりこんできた。その瞬間、父のとなりで寝ていた子供の頃の自分を思いだし、心のブロックが決壊した。パブリートが背中をさするたび、まるで壊れた蛇口のように涙があふれた。パブリートが幼い自分に代わって父の年齢になった自分の背中をさすってくれているようだった。

パブリートは自分自身をなんの疑いもなく受け入れている。自分とちがう誰かになりたいとも思わず、自分とはなにか？　と思い悩むこともない。幼い頃の僕もそうだった。道ばたに咲く花に魅せられ、虫たちに驚き、世界のすべてに目を瞠《みは》った。子供の僕にとって世界は動かしがたい「現実」じゃなく、ダイナミックに変化する「現象」だった。大人になるにつれ、いろんな役割を押しつけられる。かんたんにはずせると思った仮面が皮膚に貼りつき、とれなくなる。幼い頃見た花をもう一度摘みとろうと引き返すが、どこにあったのかもわからず夕暮れに立ち迷う自分がいた。

僕はやみくもに旅をした。仮面を振りはらうために、自分自身に帰るために。アジア、アフリカ、南米をはじめ、アメリカに五年、ギリシャ、イタリア、スペインに五年。路上をヒッチハイクし、ホームレスとともに眠り、レストランのゴミ箱から食べ物をあさった。麻薬中毒から泥棒にまで堕《お》ち、自分の醜さをはらわたの底から思い知らされた。すると今まで批判していた世の中、軽蔑《けいべつ》していた人間が、自分よりはるかにすばらしいものに思えてきた。

人は無限の可能性として存在している。冷酷な殺人も無償の愛も同じ可能性としてすべての人が持ち合わせている。どんなに幸せそうな人間にもそれぞれの傷があり、どんなに不幸な人間にも崇高な魂はある。

長い旅を経て両親のもとへ帰ると、僕が親孝行するまもなく彼らは死んでいった。僕は愛情も憎しみもふくめてたくさんのものをもらっておきながら、彼らになにも返すことができなかった。悔しくて悔しくてしかたなかった。恩知らずで、無力で、勝手な自分がむしょうに情けなかった。

ふと目を開けるとランディの視線にぶつかった。うっすらとはった涙膜のうしろから母のような目で見つめてくる。僕たちは無言で小さくうなずき、ふたたび目を閉じた。

ふだんは気丈に振る舞っているランディも深い傷を抱えている。僕は双子の兄妹のように彼女の孤独を感じた。母をガンで亡くし、酒乱の父をかかえ、兄は自らの命を絶った。ぎりぎりのところで痛みを作品に昇華させている彼女の本当の孤独を読者は知らない。

刹那《せつな》、ホセの言葉がよみがえってくる。

「アミーゴ、すべての出会いが魂の家族だ」

たくさんの出会いが今の僕を形作り、新しい出会いによって日々変化していく。永遠に変わらない唯一の真実は、永遠に変わりつづけるという真実だ。一秒前の自分と今の自分は見分けがつかないほど似ているが別人であり、毎日が誕生日だ。

どんなにひどい家族も、大嫌いなやつも、大切な友人も、すれちがう人々も、みんな学ぶために出会わせられる。互いが欠損した部分を埋め合う最良最悪の組み合わせとして選ばれるのだ。

タクシーのオペラ運転手も、生涯で三十回以上の手術を受けながら絵を描きつづけたフリーダ・カーロも、胃と脳と肺にガンが転移して死んだ母も、サン・アンドレス村の酔っぱらいも、旅館の布団敷きとして一生を終えた父も、

この世に無駄な人間なんてひとりもいない。

つまらないことに右往左往しながらぶさいくな日常を生きつづける人間たちがむしょうに愛《いと》しくなる。無様な自分をそろそろ許してあげよう。

ちっぽけでもいい、

まちがってもいい、

うまくいかないからこそ人生はおもしろい。

不完全だからこそ出会いがあるんだ。

どんなささいな偶然も、必要だから起こる必然だ。

この世に偶然など存在しない。

イネスの歌う讃美歌がやさしくみんなを包みこむ。まるで揺りかごで子守歌を聴く赤ちゃんみたい。恋人を呼んでいるのだろうか、夜鷹《よたか》が喉をころがすようにさえずっている。虫が鳴いている。妖精《ようせい》がふる鈴のように透明なオーケストラだ。

つながってる、僕は世界とつながってるんだ。言いしれぬ安らぎが全身をつつみ、羊水のなかで遊ぶ胎児のように満たされている。

突然、陣痛の波が襲ってくる。ロケット噴射のごとき轟音《ごうおん》が耳をつんざき、地上の視点が引きはがされる。おい、いったいなにがはじまるんだ。高く高く高く昇っていく。市場のブルーシートを突き抜け、空中から見おろすと、つぎはぎのキルトみたいに見える。第二の波《セカンドウエーブ》がきたようだ。赤い瓦《かわら》屋根の教会やサビーナの家が小さくなる。谷にはりつく家々、白絹のごとくたなびく霞《かすみ》、湿った緑、落ち着きをとりもどした聖地の全景が眼下に広がり、チッチッと仲間がはぐれないように声を掛け合いながら渡り鳥が横切る。視点はさらに上昇していく。いったいどこへ連れていかれるんだ。叫びだしたいほどの恐怖が突きあげてくるが、力をぬいて自分を明け渡すしかない。

メキシコ湾の美しいカーブが見える。宝石をばらまいたように輝いているのがメキシコシティだ。あっちがアメリカで、湾曲したアラスカが連なる。巨大な太平洋のむこうに小さな弓が浮かんでいる。ハポンだ。僕を生み育《はぐく》み、世界中に送り出してくれるふるさとだ。

飛行機の高度を超えると地球が丸くなってくる。星のかけらが大気圏に突っこんでシュッと燃え尽きる。産着のような巻積雲から濃紺の海と土緑の大地がのぞく。七十億の笑い声と泣き声をのせて時速千六百七十四キロで回りつづける惑星、N極からS極に張られた磁気圏の弦を太陽風が奏でる。

僕は宇宙の産声《プライマルスクリーム》を聴いた。

精子はリズミックなストロークで尾を振り、卵子と結ばれる。母親は生まれたばかりの赤ちゃんに左のおっぱいを押しつけ、心音を伝える。ミクロとマクロが同じ命のダンスを踊っている。電磁波やパルス信号、磁気嵐のようなホワイトノイズが背景放射となって聞こえてくる。いまだ通底音となって響きつづける百五十億年前のビッグバンの残響だ。地球はDマイナーで歌い、金星はハ長調からイ短調に転調する。銀河が二本の腕を広げて、

ゆったりとワルツを舞う。まわりながら腕を巻きこみ、輝く星のベールをなびかせている。

México Lindo　美しきメヒコ
Voz de la guitarra mía　私のギターの音は
al despertar la mañana　明日へ目覚める
quiero cantar la alegria　私は喜びとともに歌いたい
de mi tierra mexicana.　私の大地メキシコよ

宇宙はひとつの歌だった。

そして、僕たちもかけがえのないひとつの音符だった。

銀河も地球も虫も夜鷹も野犬も、イネスの讃美歌も父の罵声《ばせい》もランディの問いかけも、みんな同じ歌を歌っている。

存在の歌だ。


ほら、僕はここにいるよ。

君はどこにいるの？

メキシコの書籍／AKIRA

「フリーダ・カーロ　引き裂かれた自画像」堀尾真紀子　中公文庫
著者自身が自らの足でフリーダの足跡をたどり、平易な文章でフリーダという一人の女性像を浮き彫りにしていく。フリーダの絵に興味をもったら必読の入門書である。

「孤独の迷宮～メキシコの文化と歴史」オクタビオ・パス　法政大学出版局
メキシコの詩人でありノーベル文学賞作家パスの文明評論。難解といわれる方もあろうが、詩人ならではの美しい言葉でメキシコの深層に切り込んでいく。

「マヤの予言」エイドリアン・ギルバート　モーリス・コットレル共著　凱風社
「オリオン・ミステリー」の著者ギルバートが太陽の黒点活動の研究者コットレルの説をまとめた衝撃的な科学エッセイである。コットレルは、太陽周期とマヤの暦が関連していることを綿密な計算から導き出した。マヤ暦が終わる2012年の12月22日に人類は滅亡するのだろうか？　その答えがこの一冊にある。

「マヤ文明　新たなる真実」実松克義　講談社
マヤの神話「ポップ・ヴフ」をマヤ族のシャーマンであり哲学者のヴィクトリアーノが歴史書として読み解いていく。すると今まで作り事の神話として片づけられていたマヤの実像が新たなスポットライトを浴びて立ちあがってきた。

「銀河文化の創造―『13の月の暦』入門」高橋 徹　たま出版
世界的なブームとなっている「13の月の暦」の全貌や使い方を実践的に解説しているかっこうの入門書である。

「神々の糧(ドラッグ)　太古の知恵の木を求めて」テレンス・マッケナ　第三書館
人類史をドラッグとの関わり合いをとおして読み解く古典的な名著。とくに幻覚キノコと人類の脳の爆発的な進化を結びつけた仮説は痛快である。

「神の肉　テオナナカトル」杉山明（AKIRA）　めるくまーる
突然の父の死。父の暴力によって幼少時から植えつけられたトラウマと闘いながら致死量と言われる神の肉を食らい、あの世へ通じるドアを開ける。人間の意識はどこまで拡大できるのか？　家族とはなにか？　切実な痛みをかかえ、メキシコを舞台に激辛の愛を描きつくした自伝的冒険小説。

3
オアハカ

アミーゴ、また会う日まで――田口ランディ

長いこと、私はこの手で世界をつかまえたいと望んでいた。世界を自分の手でむんずとつかんで、そしてこの胸にぎゅうっと抱きしめたい。そうしたらどんなに幸せだろうって、そう思っていた。そのことばかり考えて生きてきた。だから、私は追いかけていた。

なにを？　って、世界を。世界っていうとあまりにも抽象的かな。じゃあ人生と言ってみようか。このほうがわかりやすいかもしれない。人生を追いかけていた。しかし、人生を追いかけるってどうやって？　人生って自分の生きている、いま、この瞬間そのものなんだよ。

人生を追いかけるなんて、不可能じゃないの？

そのとおり。だけど、気分的には追いかけていた。なにかを追いかけてるってことは、私がジャストじゃないってことなんだろう。私は私以外の何者でもないのに、私と私の気持ちがジャストじゃないってのも不思議な話だ。だけど、それが人間のサガってことみたい。

動物はいつもジャストなんだ。思いと行動はズレない。生命そのもの。でも人間は違う。

言葉というものを使ってまわりくどく思考するようになってから、生命と意識の間にすき間が生じた。すき間なんて生易しいものじゃない、亀裂《きれつ》だ。暗黒のクレバス。だから人は孤独。絶対的に孤独だ。

びっくりするようなことを教えてあげる。

人はみんな孤独なんだよ。あらゆる人が孤独。どんなに幸せそうに見えても実は孤独なんだ。「私は違うわよ」って言う人がいたらよっぽど鈍感なのか、あるいは嘘つきだ。孤独でないわけがないんだ。もちろん、そうじゃない人もいるかもしれないけれど、私は会ったことがない。

私の知る限り、すべての人は孤独。亀裂があるから。


メキシコを旅しながら、私はやっぱり孤独だった。


いっしょに旅する三人の仲間がいても、やっぱり孤独だった。アキラもタッキーも大将もいい奴らだった。だけど、それぞれに孤独だったと思う。

いろんな街でいろんな人たちと出会い、わかちあい、笑いあった。

それでも孤独だった。

飲んで、食べて、歌った。それでも孤独だった。落ち込むような孤独じゃない。すきま風のような孤独。タコスを食べて、コロナビールを飲んで、酔っぱらって騒いでも、部屋に戻るとしんしんと孤独だった。そこはかとなく孤独だった。でもまあ、何十年も生きているからこの孤独にも慣れていた。慣れているからって、平気ではない。すきま風に震えながらだって人は生きていける。でも、体にぎゅうっと力が入っていてのびのびできない。それと同じ。孤独だって生きていけるけれど、なんだかどこかが縮こまってる。

体調が悪かった。病気じゃないんだけど、疲れやすくてたまらない。なにをするのもおっくう。目がしょぼついて下腹がひどく冷たい。肉体の生命力が弱まっている。そういうときってあるでしょ。理由はあるんだろうけどそんなの問題じゃない。こんなに不安でぶっそうな世の中で、生きたくない理由は無数にある。明日、北朝鮮からテポドンが飛んでくるかもしれない。だけど、そんなことは実はどうでもいいんだ。

あるときから亀裂にばかり目がいってしまう。ずっと見ないふりもしていたのに、なぜかぱっくり口の開いた亀裂の奥底を覗《のぞ》き込みたくなった。いったい亀裂の奥底にはなにがあるんだろうか。この亀裂は冥界《めいかい》につながっているのか。だから覗き込むと死にたくなるんだろうか。

誰かに呼ばれているような気がした。亀裂の底から。おーいおーいって。

真っ暗で湿った風が吹いていた。覗き込むと、怖いのになぜかほっとした。そしていつまでも覗いていたくなった。ついに孤独につかまった。

どうしたら、この孤独から逃れられるのか……。そのことばかり考えていた。

私の人生のテーマだった。孤独のない充実した自分になること。

満たされること。たっぷりと、心からなにかに。

そのために必要なものはなんだろうか。

お金、恋人、家族、健康。

とりあえずそれらすべてを手に入れてみた。健康は、まあ親からもらったものなのであらかじめもっていた。まずは必死に働いて小金を稼いだ。大金ではないけれど、旅行できるくらいの余裕のある生活が手に入った。そして、結婚して、子供を生んで、なおかつ恋愛もしてみた。さあ、これでどうだ、って思った。

しかし、驚くべきことにお金と家族と恋人とそろっても、そして健康であったとしても、孤独なのだ。

なんてこった。まったく信じられない。

さらに、追い求めるべくは、仕事、名声、エトセトラ……。趣味の追求、旅行、刺激、冒険……。というようなわけで私は追いかけてきた。めくるめく、自分を満足させるものを求めつづけた。どこかにあるはずだから、それを見つけてとっつかまえて、そして、ハッピーエンドだ。

そうだ、私はハッピーエンドにしたかったんだ。

シンデレラとか、白雪姫みたいに、めでたしめでたしで上がりたかった。

これでもう永遠に幸せ、って状態になるまでは安心できない。とにかく、そのためには今の自分にはなにかが足りなかった。でも、いったいなにが足りないのかわからなかった。


七年前に兄が死んだ。自殺だった。部屋にひきこもったまま餓死した。

いったいなぜ？　って思った。体が病気だったわけじゃない。助けを求めることだってできた。実家に電話して「動けない」って伝えれば、親だって駆けつけたはずだ。なのに、アパートの一室で腐敗した状態で発見された。

兄は一切なにもしないで寝ていた。動きもせず、食べもせず。唯一、音楽を聴くこと、それが彼が意志的にしようとした唯一の行為。そして寝たままの状態で衰弱死したのだった。

兄が死んだのはショックだった。

悲しいというよりも、突き飛ばされたような虚無感が残った。私は兄とは違う。あんな死に方はしないと思った。充実した人生を送ってやる。生きることの意味を探してやる。意地でもそう思った。怖かったのかもしれない。兄がなぜ死んだのか、その理由がさっぱりわからなかったから。だから、とりあえず否定したかったのかもしれない。

兄とは違う生き方をしてきたつもりだったのに、なぜか私は孤独だった。

そしてきっと孤独であるという点において、私も兄も同じなのだ。

ウアウトラの街で、生まれて初めてマジックマッシュルームを体験した。

大酒は飲むけれど、ドラッグを試したことはなかった。あんなのは男の遊びだと思っていた。しょせん幻覚じゃないの、そんなの現実には何の役にも立たない。女は男より現実的なのよ、ってのが、私の言い分だった。

だけど、私はもう何を求めているのかも自分でよくわからなくなっていて、なんだか行き詰まっていたのだ。それでワラをもつかむ気持ちで幻覚キノコを二十本、口に押し込み一気喰《ぐ》いした。

ヤケクソだった。

メキシコに来る前に、友人の哲学者がトリップのアドバイスをしてくれた。

「幻覚キノコによる体験は、酒に酔うのとは違います。良質の幻覚キノコはトリップしている間中ずっと、しっかりと意識があります」

「え？　そうなの？　酩酊《めいてい》状態になるんじゃないの？」

「そんな安いものをやってはダメです。ウアウトラのキノコは最高水準だという噂だから、たぶん大丈夫。しっかりと覚醒《かくせい》した状態で、自分の感受性が鋭敏になっていくのを体験し

てください」

「そうなのか。私はてっきり前後不覚の幻覚妄想状態になるのかと思っていた」

「違います。体験の世界はあなたの心の鏡です。あなたがクリアなら、きっと体験中も澄みきった精神状態になるはずです。ただ、あなたの視覚、聴覚、触覚、すべての感覚が通常の何百倍にも鋭敏に研ぎ澄まされます」

「……ってことは、どういうこと？」

「トリップしたら、つまらないものにこだわっていると、そのつまらないものを拡大して体感してしまいます。恐怖につかまったら恐怖が拡大されます。欲望につかまったら欲望が拡大されます。キノコはただ、あなたの内にあるものを増幅させるアンプだと思ってください。セッションを受けるときは、自分がなにを見たいのか自分がなにを求めているのか、そして自分が本当に知りたいものはなにか、そのことをしっかりと自分に言い聞かせて、そしてそれを強く念じることです」

「私が、何を、見たいか……？」

「そう。ふだんでは見えないこと、感じないことも、感受性が極度に鋭敏になっていれば見ること、聞くこと、感じることができます。それはあなただけの体験であって、あなたが見たもの。あなたの感受性が受けた世界。誰のものでもない、あなただけの答えです。だから、まっしぐらに自分の心にダイビングするんです。そして自分の中心まで行くのです。そうすればあなたが求めていた答えがあるはずです」

ウアウトラに向かう途中も、そしてウアウトラの町に着いてからも、私はずっと考えていた。私が求めているものは何だろう。私が本当に知りたいことは何だろう。考えてしまうとどんどんわからなくなった。だけど、それはすでに私のなかにあるものなら、私が行き着けないはずはない。だって、答えは私そのものなのだから。

セッションの日は生理日だった。朝から血がだらだら出ていた。でもシャーマンは「問題ないわ」って言った。「だって、これはそもそも治療なのだから」

キノコを食べて、しばらくしてからどうしてもトイレに行きたくなった。本当はセレモニーの間は外に出てはいけないらしい。外界は刺激が強過ぎるから危険なのだそうだ。私はシャーマンにつきそわれて、蠟燭《ろうそく》の灯《とも》るセレモニーの部屋を出た。

扉を開けたら、バルコニーは月明かりで深海のように真っ青だった。

そのとき、私は、世界に、つかまった。

世界が私を鷲《わし》づかみにして、ぱくっと飲み込んでしまった。もう逃れることができなかった。私がつかまったのだ。私がつかまえようとしていたものに、逆につかまえられてしまった。

それは突然だった。恋に落ちる瞬間みたいに。

感情も肉体も丸ごと、世界につかまえられて、見るものすべてが存在の美しさで私を魅了した。頭の上に広がる星空を見ただけなのにその星が私を捉《とら》えて離さない。星につかまった。山につかまった。トイレの便器に、花に、コーヒーカップにつかまった。

求めなくても、感動も神秘もそこにあった。

なぜこんなに、すべてのものが神々しく、神聖で、自分に呼びかけてくるのか理解できなかった。意識はクリアだった。私は必死に考えた。いったいなんだ、いま起こっているこれはなんだ。

別の世界が立ち現れていた。空間に物語が満ちていた。それが読み取れた。存在の背後にある歴史が感じられた。その物質が生成された神秘。すべて生々しく伝わってくる。たかが椅子、たかがテーブルクロス、たかがティーカップ。でも、それらの起源を遡《さかのぼ》ればすべては命と同じなのだと思えた。

私はきっと、見ようとしていなかったんだ。いや違うな。いちいちこんなに感動していたら社会生活が営めない。だから、自分から閉じたんだ。感受性を遮断した。そして恐ろしいほどの情報社会でかろうじて生きているのだ。私には、感じる力があるけれど、それを開放するのは、たぶん危険なのだ。

キノコの精霊の力を借りて開いた感受性は、六時間でゆっくりと閉じた。

旅はいつか終わる。『アルジャーノンに花束を』の、主人公になった気分だった。すべてが終わって、もとの私に戻ってきた。あの神秘的な世界は消えていた。

だけど、なにか違う。私は知ってしまった。世界につかまえられる瞬間のすごさを。私が世界をつかまえるのではない。追いかけるのでもない。求めるのでもない。

世界が私をつかまえるのだ。世界が私を抱きしめ、求めてくるのだ。そして世界に身も心もすべて奪われ魅了されてしまうのだ。

私の意志ではなく、世界の意志だった。

でも、そんな状態で長くはいられない。キノコの効き目がきれれば世界はすっと遠のいて、ふだんのように空々しい顔をする。椅子は椅子、便器はただの汚い便器、神々しさのかけらもない。

すべては、キノコの精霊が見せてくれた、つかのまの夢。

ただし、私の得た体験は私のものだった。体験は私の細胞に刻まれた。いや、私は最初から知っていたような気もする。

昏睡《こんすい》したように眠って、翌朝、ベッドのなかで目覚めたら泣いていた。ひどく懐かしかった。

忘れていた子供の頃の記憶を、思い出したような、そんな気分だった。

ウアウトラからオアハカの街へ向かう。

なぜか急いでオアハカに行かなければならないと思った。もしかしたら、あのときはまだキノコの作用が続いていたのかもしれない。私はとても直感的だった。行動と思いのズレが消えていた。思ったことを行動に移すときにあまり考えなくなっていた。

「とにかくオアハカに行かなくちゃ……」

オアハカに何があるのかわからない。でも、オアハカに行きたい。うわごとのようにそう言って急いで荷造りをした。男三人をせき立てて、夜明け前にウアウトラを出た。

ウアウトラから険しい山道を越えてオアハカを目指す。途中、ものすごいヒョウが降った。まるで空から石が降ってきたみたいだった。それでもめげずにいくつもの山を越え走りつづけていたら、あたりの景色がだんだんと変わっていく。車やオートバイが増えていき、街並みが現れた。色とりどりのレンガの建物。雲が切れて青空が覗《のぞ》いてきた。

「ようこそオアハカへ！」という看板をくぐったら、そこは光の街だった。国道から街路に入り、商店街を走って、古いホテルが並ぶ通りに車は止まった。ドアを開けて、一歩踏み出した瞬間、オアハカにつかまった。

メキシコの映画／AKIRA

「フリーダ」2002年。監督：ジュリー・テイモア
天才女性画家フリーダ・カーロの波瀾に満ちた生涯を知るにはもってこいの映画。少女時代の事故で一生傷を抱えて生きるフリーダの愛と苦悩を主演のサルマ・ハエックが熱演している。なお1984年にポール・ルデュク監督が撮った「フリーダ・カーロ」もある。

「アモーレス・ペロス」1999年。監督：アレハンドロ・ゴンサレス・イニャリトゥ
新作「21グラム」も話題になったが、やはりイニャリトゥ監督の代表作といえばこれにとどめを刺す。大胆かつ緻密な構成で、胸をえぐるほど感情をわしづかみにする傑作である。

「エル・トポ」1969年。監督：アレハンドロ・ホドロフスキー
チリ出身でメキシコ在住のホドロフスキーの代表作であり、ジョン・レノン、アンディー・ウォーホルに絶賛された最高のカルトムービーである。深い宗教性をおびながらも笑いと残酷さが壮大なスケールでちりばめられている。

「メキシコ万歳」1979年。監督：セルゲイ・エイゼンシュテイン
ソ連映画の父と呼ばれる巨匠エイゼンシュテインの未完作である。不完全ながらもエイゼンシュテインの映像美がこの映画を名作たらしめているゆえんである。

オアハカは美しい街だった。ゆるやかな石畳とヨーロッパ調の古い建物。陽気なストリートミュージシャン、広場を囲むカフェ、そして愛らしい子供たち。

好きだ、と思った。理由なんてなかった。

「この街に、できるだけ長くいたい。もう他にどこにも行かなくてもいい」

旅を始めたときは、なるべくいろんなところに行こうとしていた。旅を追いかけていた。だけどいま、追いかけなくてもよくなった。つかまってしまうのだ。いやおうもなく。そして、つかまるって、なんとすばらしいことか。

愛するとか、愛されるとか、求めるとか、求められるとか、そんなことではない。瞬間的にぎゅうっと、つかまれてしまう。受け身なわけでもなく、能動的なわけでもない。ただその瞬間に、ジャストな状態になって世界に魅了されてしまう。そういうことは、起こるのだ。ただ、その方法を忘れていた。無防備に自分を世界に開くことを、私は少しだけ思い出していた。


ホテルの部屋で荷物をほどいていたら、ノートからメモがひらりと落ちた。

慌てて拾う。それは満喜子さんからのメッセージだった。

満喜子さんは私の友人で、二年ほどメキシコに住んでいた。彼女はメキシコで歌の精霊と出会う。そして、突然に歌を歌い始める。歌の勉強なんて一度もしたことがないのに歌が彼女に降りてきて取り憑《つ》いてしまった。最初は気が狂ったと思ったそうだ。でも歌うことをどうしても止められない。ついに歌手になり、今はヴォイスヒーラーとして活躍している。

その満喜子さんが、私がメキシコに行くことを知って「絶対に彼に会うべきよ」と、かつての知り合いを紹介してくれたのだ。

「彼は私がとても大好きで尊敬している画家なの。きっとランディと気が合うと思うわ」

旅に出る前、満喜子さんは忙しいなか時間を割いて私とその画家の男性が会えるようにと調整してくれた。いったいなぜ満喜子さんは、そこまでして私とその人を会わせたいのだろうと、私は困惑した。出張旅行が重なって彼女は家にも帰れないほど全国を動き回っていたのだ。彼女からファックスが届いたのは、私がメキシコに出発するその日の朝だった。

「ようやく、現在の彼の住所がわかりました。オアハカにいます。必ずオアハカに行って彼と会ってください」

そのファックスがこのメモ。

だけど、そのときはオアハカがどこかなんてわからなかった。だから、満喜子さんの言うとおり彼に会えるかどうかも定かではなかったのだ。ウアウトラとオアハカが近いとい

オアハカの街は建物が美しい

うことを知ったのは、メキシコに着いてしみじみと地図を見てからだった。それくらい行き当たりばったりな旅をしていた。

いまになってみれば、満喜子さんの行動が理解できる。あれは奉仕だ。

満喜子さんもメキシコでつかまった人なのだ。なにかにつかまった経験のある人は、つかまることが上手になる。だから、彼女は私のことを「彼に会わせたい」という思いにつかまってしまったのだ。つかまったらどうすることもできない。私のためにそれを実行するまでは……。この思いは我欲じゃない。だから損得抜きで行動してしまうのだ。

竹田鎮三郎……と、名前が書いてあった。

満喜子さんのメモを見ながら、私はさっそくホテルから電話してみた。そうしたら、あまりにもあっけなく電話はつながって、かすれた声の男性が出た。第一声は流暢《りゅうちょう》なスペイン語。

「あの……田口ランディと言います、満喜子さんの紹介でお電話しました」

するといきなり声が日本語に切り替わった。

「ああ、はいはい、満喜子から聞いていたよ。いまどこにいるの？」

おー、すごい満喜子さん。

「オアハカのホテルです、さっき、ウアウトラから着きました」

「じゃあ、六時に大学に来てくれないかな。私は美術大学で絵を教えているんだ。大学の近所のカフェでビールでも飲みましょう」

　フラットな声だった。気取るでもなく、つっけんどんでもなく、あるがままの語り口。自然すぎて不思議なくらいだった。いったいどんな男性なんだろう、確かに私と気が合うかもしれない。


　夕暮れのオアハカの街をそぞろ歩きながら、教えられた美術大学にたどりついた。女子学生たちがエントランスにたむろしておしゃべりに興じている。みんなはちきれんばかりにふくよかで美しい。メキシコに来て、日本人の若い女の子はやせ過ぎていると思った。街で日本人を見かけるととても貧相な体つきに思える。その体は、心のさみしさの現れであるようにも思えた。

　入っていくと大学事務所に、その男性はいた。口髭《くちひげ》におしゃれなパナマ帽子、しっかりと着古した革のジャケットを着ていた。私を見ると、ちょっとそっちで待ってて……という手振りをした。私は頷《うなず》いて、ぶらぶらと大学の中庭の方へと歩いてみた。そこには学生たちがつくったらしい「死者の日」の祭りのための髑髏《どくろ》のレリーフや、彫刻が並んでいた。その日はまさに死者の祭りの始まりの日。十一月一日だったのだ。オアハカの街はさまざまな髑髏にあふれかえっていた。色とりどりの骸骨《がいこつ》のお菓子。メキシコでは死者も陽気だ。死者に供えるための人型のパン、果物、そして蠟燭《ろうそく》。

「今日から死者の日でね……、この髑髏は学生たちといっしょにつくったんです」

振り向くと、彼が私の後ろに立っていた。

「日本で言うところの、お盆ですね」

「そう。メキシコ中の死者が戻ってくる。あなたはいいときにメキシコに来た」

竹田鎮三郎さんは、オアハカにもう四十年も住んでいるのだそうだ。芸大を出てからメキシコに渡り、この土地で画家として認められた。

「ちょうどいま、街の画廊で僕の個展をやってます。時間があったら覗《のぞ》いてください」

「はい、ぜひ」

竹田さんの案内で、近所のカフェに向かう。

ゆったりとした歩調。私のペースに完ぺきに合わせている。落ち着いた男だった。まるで呼吸を合わせるように、相手のテンポを読んでいる。

歩いていたら、竹田さんが私の腕をつかんで、車道から歩道側へ私をそっと移動させた。

「失礼、メキシコの自動車は荒っぽいのでね」

私は彼が触れた自分の腕のあたりをまじまじと見た。ゆっくりと甘いしびれがその部分から体に広がっていくのを感じた。妙な感じ。そして、私はこの人が好きなのだと確信してしまった。自分と似ている。この波長をもつ人を長いこと探していたような気がした。

信じられない。だって竹田さんはもう七十歳になろうという人。そんな年上の男性にど

きどきしているなんて、どういうことだ？

でも年をまったく感じさせないほど、服装も、そして女性に対するまなざしも彼は色っぽかった。少なくとも、いっしょに旅行している三人の男たちよりも遥《はる》かにエロスを感じた。日本にはあまりいないタイプの男性。いい具合に男性性と女性性のバランスがとれている。男らしいのにマッチョじゃない。それどころかその優しさは女性的ですらあった。

「私、恋しちゃったみたい……」

ぼう然とつぶやくと、タッキーが「マジですか？　誰に？」と笑った。

「竹田さん……」

「だって、いま会ったばっかりですよ」

「関係ない。一目ぼれみたい」

タッキーはからかいまじりに言った。

「まだ、マッシュルームが残ってるんじゃないですか？」

「そうかもしれない……」

広場に面したカフェに入って、コロナビールを注文した。メキシコで飲むコロナはやっぱりおいしい。ライムをぎゅっと搾って、熱い体に流し込む。

「で、ウアウトラはどうだったかね？　キノコを食べたかね」

「どうして知ってるんですか？」

竹田さんはイタズラっぽく笑った。

「ウアウトラのキノコは世界一だ。僕はまだ試したことはないがね」

「すばらしかったです。シャーマンのセレモニーも、キノコも最高でした」

「それはよかった」

頬杖《ほおづえ》をついて、うっとりするように私の話に耳を傾ける。絶対に話の腰を途中で折らない。竹田さんにしゃべっていると、ああ、話を聴いてもらっているのだ……ってことが実感できる。こんなふうに誰かに自分の言葉を聞いてもらったことが今までなかったような気がした。生まれて初めて自分の言葉が誰かに伝わっているのを実感した。この人は本気で私の話を聞いてくれている。すごいことだ。しゃべっているうちに涙が出てきた。

「まだ、すこし気分が昂《たか》ぶっているようだね」

「そうなんでしょうか、なんだかお会いできたことがうれしくて……」

ナプキンで鼻をかむ。

「メキシコへ来たのは初めて？」

「はい。メキシコを題材にした小説を書こうと……。その取材をかねてきました。私は作家なんです」

「そりゃあ、すごいね、で、これからどこへ？」

「実はなにも決めていません。どこに行ったらいいでしょうか？」

竹田さんは、鼻の下の茶色い髭を指でさすった。

「まず、モンテ・アルバンとミトラの遺跡には行って来なさい。そこは聖なる場所だ。きっとあなたによいインスピレーションを与えてくれるでしょう。特にミトラは風の果ての場所だ。そもそも、オアハカ地方は、メキシコのなかでも最も聖なる場所なのです。その証拠に、この地方だけで十以上もの少数民族が住んでいる。この場所の気が高いから、彼らは集ってきたのだよ。ミトラは一番果ての聖地でね、ちょっと遠いがぜひとも行って来るといい。日本とも縁の深い場所だ。不思議な幾何学模様の建築物があって、それが旧帝国ホテルのモデルにもなっている」

「オアハカ自体が、聖地なのですか？」

「そうです、だから観光客がオアハカにやってくると皆一時的に具合が悪くなる。気の力が強すぎるから調子が狂ってしまうんだ。逆に、具合の悪い人がやってくると、その人は良くなってしまう。ウアウトラからオアハカにやって来たのはとてもいい。ここで魂を地につけて帰りなさいということだ」

「竹田さんは、つまりその……、霊的なことに興味がおありなんですか？」

「霊的なこと？」

「ええと、日本ではスピリチュアリズムとか、精神世界とも言われています。私の作品は、そういう霊的なことを題材に書いたものが多いんです」

少し怖い目。真剣な顔。

「このメキシコに来て、あなたはなにを感じた？」

まるで、試すように竹田さんが言う。

「メキシコに来て……？　一番感じたのは、大地が夢を見ているということかな……」

にっこり笑って頷く。

「そうそう。メキシコという土地は、土地そのものが霊的なのだよ。だから僕はここに四十年住んでいる。以前はメキシコの呪術《じゅじゅつ》の世界に興味をもってシャーマンに弟子入りしていたこともあった」

「シャーマンに？」

「僕の師匠はサポテカという種族だった。サポテカは石の種族で、石の呪術を教えてもらった。だが僕は日本人で日本人は石の種族ではない。だから自分の祈りの言葉を探さなければならないと言われた」

「自分の祈りの言葉を？」

「そう。日本人の言葉、テクニックでね。弟子のなかでは僕だけが異人種だったけれど、呪術を伝えるために選ばれたのは僕だった。それで、ずいぶんと他の弟子から憎まれたりもしたが、昔の話です」

「いまは、呪術の修行はしていないんですか?」

「もう十年も前に、止めてしまっているなあ。しかし、最近、また呪術というものを探求してみてもいいかな、とも思い始めているんだがね」

「探求してください、ぜひ」

私の言葉に、竹田さんは「そうですね」と笑った。

「それで、あなたはなにを探してここにやって来たんですか?」

「え?」

射ぬくような目で見つめられて動揺した。

「私は……、なにを探しているんでしょう、自分でもよくわからないんです。でも、もしかしたら自分の祈りの言葉かもしれない。いま突然、そう思いました」

「ほう……」

「私、祈りというものがなんなのかよくわからないんです」

力なく呟《つぶや》くと、優しく諭された。

「君は、頭で考えすぎだ」

「よくそう言われます」

「メキシコに来たら、この土地の夢をいっしょに見ればいい」

「そうですね、もう、考えないようにしてみます」

「それがいい」

竹田さんはそう言って、私の肩を叩《たた》くと、立ち上がった。

「では、どうかいい旅を！」

ふいに、もうこれで会えないと思ったら恐ろしく、慌てて立ち上がりしどろもどろに追いすがっていた。

「待ってください、遺跡をまわって来たら、帰る前にもう一度だけお会いしたいのです」

よほど淋《さび》しげな情けない顔をしていたんだろう、竹田さんはじゃれつく子犬を見るように私を見た。

「いま、個展の最中で忙しいのですよ。だから時間を空けられるかどうかわかりませんが、旅を終えたらまた電話をください。縁があったら会えるでしょう。それでいいですか？」

「もちろんです、必ずまたご連絡します。そして、ミトラとモンテ・アルバンに行って来ます」

「そうそう、ミトラの街に行ったら地元の人の家に頼んで祭壇を見せてもらいなさい」

「祭壇……ですか？」

「それを見れば、メキシコのことがもっとわかる」

タクシーをつかまえると、彼は勢いよく手を振って去って行った。

死者の祭りのあいだ、家族みんなでお墓にデコレーションを施す。photo by AKIRA

なぜか急に自分がひどくみすぼらしく感じられて、せめて化粧くらいしてくればよかったと後悔した。


日が落ちてから墓地へ行く。

十一月一日は、大人の霊が戻ってくる日と言われている。私たちは墓地へ「死者の日」の祭りを見物するために出かけて行った。でも、考えてみたら失礼な話だ。「死者の日」は日本で言うところのお盆のお墓参りのようなもの。死んでいった家族、そして先祖の霊を迎えるためにメキシコ人たちはお墓に集う。それを物見遊山で見て歩くのは少し気がとがめた。

墓地は……、混みあっていた。まさにお祭りの人だかりだった。ありとあらゆる墓石が花で飾られ、マリアやキリストの聖画が飾られ、蠟燭《ろうそく》で灯《とも》されて光り輝いている。どのお墓の飾り付けが一番豪華で趣向に富んでいるかを競うコンテストもあるという。

お墓のまわりで家族たちは一晩を過す。携帯型のテレビを持ち込んでいる者もいる。ラジオを聴いている者もいる。とにかく狭い墓石のまわりに体を寄せ合って、蠟燭の火を灯し続けて夜を明かすらしい。大人も子供もいっしょになって、死者を迎え、死者と過す。

「なんて、派手《はで》なの！」

「想像以上だね」

「まるでデコレーションケーキだ」

　私たちは墓地のなかをぐるぐる歩き回った。

「写真撮ってもいいですか？」

　カメラを向けるとほとんどの人が笑顔で了解してくれた。

「カーニバルみたいだね」

「ああ、花、花、花、すごい花の匂いだ」

　カメラマンの大将は撮影のためにどこかに消えてしまった。私はＡＫＩＲＡといっしょに一つ一つの墓地の飾り付けを見て歩いた。

「メキシコ人にとって、死者って、どういう存在なんだろう」

「すごく身近なのかもしれない。それにしてもなんて豪勢で気前のいい死者の弔い方なんだろう」

「ほんとう。これだけの花、供物……、ずいぶんな出費だと思う」

「金の問題じゃないんだろう」

「そうだね。なんでもすぐお金に換算する癖、やだね」

　大将が青い顔をして戻って来た。

「ランディ、やっぱ、ここはまずい」

「どうしたの？」

「こういう場所を、写真に撮るってのは、あんまりよくない」

「なにか感じちゃった？」

「ちょっとね。気分が悪くなってきた」

私も、少しざわざわした気分になっていた。ここはメキシコの人たちの大切な場所。やっぱり私たちが観光気分で来るところではないんだろう。地上に戻って来ているであろうたくさんの霊たちに「ありがとうございました」と四人で頭を下げて、そそくさとホテルへ逃げ帰った。

「大将、大丈夫？」

「ああ……。なんだかこの街は空気が濃い……。死者の祭りのせいかな」

大将には少しだけ霊感があるのだ。見えないものの存在を感じてしまう。


ホテルの部屋で、顔を洗おうとして足下を見てぞっとした。靴に土がついていてその土が洗面所のタイルの上に転々と散っていた。

墓地の土だ……。ちゃんと落としてきたつもりだったのに、こんなに土がついていたなんて。

ベッドに入ってからも人の気配がするようで怖かった。もしかしたら墓地から一人か二人、連れてきちゃったかもしれない。起き上がって窓を開けて、そして「お帰りください」

と命令した。

「私は日本人だし、私に付いて来てもなにもしてあげられないのよ」

それから再び、ベッドに戻って目を閉じた。でもなかなか寝つかれなかった。

ようやくうつらうつらし始めたときに、洗面所で物音がした。

はっと目が覚めて体を動かそうとしたら金縛りにあって身動きが取れない。

冷たい痺《しび》れが背筋を伝っていく。

やはり誰かがいるのだ。間違いない。禍々《まがまが》しい気配がする。

（誰？）

心のなかで問いかけてみた。

（そこにいるんでしょう、いったいなにをしに来たの？）

洗面所に落ちた墓場の土の上に誰かが立っている……、そんな想像をしてしまう。もちろん私の妄想だ。どうして怖いときにはよけいに怖いことを考えてしまうんだろう。考えまいとするのだけれど、頭のなかから映像が消えない。

まず足が見えた……。そして、だんだんと視線が上に……。

ああ……、と思った。

兄だ。私は兄の亡霊を見ている。腐った体で墓場から抜け出してきた兄が洗面所に立っていた。

ひどく淋しそうだった。死者として兄は気の毒だと思った。メキシコ人のように歓迎もされず、存在を否定され忘れられていく。死者はどんな気持ちなんだろう。いったいなにを思って死後を送るのだろう。現世に残した家族のことを思い出したりするのだろうか。

私は怖い考えを打ち消した。それから気を取り直して、なぜ自分が兄の亡霊を妄想しているのか考えてみた。いま洗面所に、兄が居ると感じているのは間違いなく私の妄想だ。試しに目を開けてみた。暗いホテルの部屋の天井が見えるだけだ。もし本当に兄の亡霊がいるのなら私の前に姿を現せばいい。でも、見えない。現実には私は一人、ホテルの部屋で寝ぼけているのだ。

兄はもう死んだ。兄の亡霊に脅えているのは私自身だ。私がなにかを引きずっている。きっと死者をこの世に引き止めているのは、生きている人間の罪悪感や執着なのだろう。

ようやくメキシコに来て、気がついた。

たぶん私は、ずっと、兄を、かわいそうな人だと思っていたのだ。彼が孤独だったから。追い求めても欲しいものが手に入らなかったから。そして、そう思っている私も同じように孤独であることを見ないふりをしていた。私の妄想のなかで、兄は死んでまでも孤独だ。だから、ホテルの洗面所に腐ったまま立ち尽くしている。その原因は、私の心にある。すべては私の心が作り出しているのだ。

ときどき、水道管を水が流れる音が聞こえる。

じっと、私は天井を睨《にら》んだまま、どうしたら兄のために祈れるのかについて思いめぐらしていた。あの洗面所に佇《たたず》む兄を、どのようにして私の呪術《じゅじゅつ》から解放し、自由にしてあげることができるのだろう……と。

そしてまた、竹田さんのことを思い出してしまう。彼の語った言葉をゆっくりと反すうする。

（日本人は日本人の言葉、日本人のやり方で祈りの方法を発見しなければならない）

竹田さんはそう言った。

私の言葉、私の祈りの方法を、どうやったら発見することができるんだろう。

すると、竹田さんの顔が浮かんできて笑う。

（バカだね。あなたはすでにその方法を知っているのに、知らないと思っている）

え、私が？

（そうだ）

わかりません、私は知らない。どうしたらいいのか教えてください。

（あなたは知っているし、それはあなたしか知らない。だから教えてあげることはできない）

オアハカの街は夜半になると、ぐっと冷え込む。

考えることは、やめなければ。

私は毛布をかぶってベッドに潜り込んだ。

明日はモンテ・アルバン遺跡だ。

翌朝、大将は、ウアウトラで怪我をしたろっ骨が痛いという。

心配なのでアキラに付き添ってもらって朝一で病院に行くことになった。私とタッキーは空いた時間を市場で買い物しながらつぶすことにした。

色とりどりの刺繍《ししゅう》のブラウスを見て歩く。メキシコの刺繍は鮮やかで美しい。

「ねえ、タッキー、竹田さんって不思議な人だと思わない？」

「そうですね、変わった雰囲気の人ですよね」

「どうしてああいう人が、日本にはいないのかしら」

「ランディさん、そんなに竹田さんが好きなんですか？」

「完全に一目ボレ。信じられない」

「だって、年も離れているし、奥さんだっているんですよ」

「関係ないの。別に結婚したいとか、そういうのじゃないんだから」

「だったら、どうしたいんですか？」

「どうしたいって？」

「竹田さんを好きになって、彼とどうしたいと思うわけですか？」

「どうしたくもない、ただ好きなだけ。小学生の初恋みたいなものよ」

「それは確かに純粋な恋ですね」

そういえば、大人になるにしたがって私は「それからどうする？」ってことを考えるようになった。男を好きになったら、恋人になって、結婚して、子供を生んで上がり……だ。なにかをするときに「将来どうなるか？」が重要なことになってしまった。将来がないとまるで人を好きになるのだってムダなことのように思ってしまっていた。

いつからそんなふうに、将来のことばかり考えていまをつまらなくするようになってしまったんだろう。

竹田さんに奥さんがいるから、結婚しているから、私と相手との未来がないから、人を好きになることはムダなことなのか。そうじゃないはずだ。でも、私は毒されていたかもしれない。

「明日、世界が終わるとしても、私はリンゴの樹を植える……って言った人は誰だっけ？」

「さあ、でもその言葉は聞いたことがあります」

「カッコつけたセリフだと思った。えせヒューマニズムって思っていた。だけど、なぜだろう、いまはこの言葉の意味が実感としてわかる気がする」

すると悟ったようにタッキーは言った。

「時が充《み》ちたんでしょう」

「時が？」

「あたりまえのことだと思っていたことが、あるときとても崇高に感じられる瞬間ってあるじゃないですか。そのことの本質を自分が理解した瞬間っていうのかな」

私は黙って頷《うなず》いた。言葉にすると全部うそっぽくなりそうだった。ふいに思いついてしまったのだ。人は絶対に死ぬのだと。未来があるから生きるんじゃない。死に向かって生きている。

メキシコ人は、そのことを肝に銘じるためにこんなに盛大に死者の日の祭りを行うんだろうか。

市場には果てしないほどたくさんの、極彩色の髑髏《どくろ》が並んでいた。

午後から、タクシーを雇ってモンテ・アルバンを目指す。

モンテ・アルバンは古代サポテカ族の聖地。中央アメリカ最古の遺跡だ。ゆるやかな坂道を登った高台にあり巨石の祭殿が建ち並ぶ。南の大基壇から眼下に広がるオアハカの街が見下ろせる。山あいに広がる街は静謐《せいひつ》で美しかった。ここは盆地なのだ。

博物館を見学してから、野外のカフェテリアでお茶をすることにした。

メキシコは午前中は天気が良くて、午後からだんだんと霧が出てくる。この日もすでに空には雲がたちこめていた。そして、きまぐれな天気雨が降ったりやんだりしていた。少

聖地モンテ・アルバンに立つだけで頭と五感が冴えてくる。

し雨で濡れたベンチに腰を下ろすと、ふっと太陽が現れて目の前の山々に虹がかかった。いっしょにいたアキラに思わず叫んだ。

「見て、虹」

「おお……」

「きれいね……」

「ああ、この土地に歓迎されている気分だ」

モンテ・アルバンはとても気持ちのよい場所だった。ここにずっとこうしていたいと思ってしまう。空気が澄んでいて、なにか強い力のようなものが心に充ちていく。

「ここが聖地だったのがわかる。なんだか元気になる」

「ランディもそう感じる?」

「うん。すごく清々《すがすが》しい力がわいてくる」

「メキシコって、いいよね」

「そうだね。大好きになっちゃった」

巨大な石の遺跡をゆっくりとまわって、すっかりあたりも夕暮れになった。その日の夕日はすばらしかった。雲間に溶けだしてきたグレナディンシロップみたいな夕焼け。大将が夢中で撮影しているあいだ、私は夕暮れに灯《とも》り始めた街の灯を眺めていた。

石の街に明かりが揺れる。たぶん大気の影響なんだろう、明かりはかげろうのようにゆ

※上段中のみphoto by塩崎

死者の祭りでは夜、
街を仮装した人々が練り歩く。
photo by AKIRA

らめいていた。その明かりのもとには、それぞれに人間が生きていて、いろんな生活を営んでいるのだ。そのことを思ったら、ふいに「あの感じ」が蘇《よみがえ》ってきた。見る見る夕焼けは神秘さを増し、天上から漏れる光は音楽となって降り注ぐ……。激しく感情が動き世界が私をつかまえてしまう、「あの感じ」が襲ってきた。

「向こうから、やって来るんだ……」

私がそう呟《つぶや》くと、隣でタッキーが訊《き》き返してきた。

「なにがですか?」

「感動ってやつ。自分がしようと思ってするんじゃなくて、あっちからやって来るんだ」

「ああ……、本当の感動ってのはそうかもしれないですね」

本当の感動。その言葉はとてもジャストじゃなかった。本当とかまがいものとか、そういう風に考えただけで、もう、失ってしまうような微細なものを伝えたかった。あえて言葉にするのは難しいのかもしれない。

そして、こうして並んで立っていてもタッキーと私はきっと違う風景を見ている。

「きれいだね……」

「そうですね……」

私は空を見た。二人を包み込んでいるさらに大きなものから見れば、私たちは夕闇に立つ二匹の動物であり、そして私たちもこの美しい夕暮れの一部に違いない。

ミトラ近郊の農家の祭壇を見せて頂いた。
手前に見えるパンは親族の死者の数だけ置かれている。

夜になるとオアハカの街は死者の祭りで賑《にぎ》わう。

死者の祭りの仮装をした子供たちが、駆け回っている。夕食の後、カフェで一杯やっているとそういう子供たちがキャンディーをねだりに来る。

「写真を撮らせてくれる？」

大将の言葉に、子供たちは嬉《うれ》しそうにポーズをとる。そして小銭をもらって大喜びで去っていく。あの日本人は気前がいい。そんな噂がすぐに飛び交うらしく次から次へと子供たちがやってくる。ドラキュラの子供、魔女の子供、骸骨《がいこつ》の子供。もう夜中の十二時だというのに、子供たちはせっせと死者の祭りで稼いでいる。

「子供たち、たくましいわね」

「ああ、あの子供たちを見ると、日本はいつか滅びるなと思うね」

私たちは毎晩、夜遅くまで街をふらついて歩いた。オアハカの治安はすこぶるよかった。日本以上に安全な街だ。禁酒中の大将は、夜半になるとたいがい写真を撮りに消えてしまう。タッキーはメキシコのディスコめぐり。それでアキラと二人で飲みつづけることになる。いろんな種類のテキーラを飲んだ。テキーラがうまかった。

「ねえ、アキラはなぜ、マジックマッシュルームとか、アヤワスカとか、そういう幻覚体験を求めつづけているの？」

leyenda del Rey Condor
VIVIANA
CARMEN

「僕は、最も遠くまで行ってみたいんだ。行けるところの限界まで、行ってみたい。そこを見てみたい。それだけだよ」

そんなことしたら、いつか死ぬかもしれないよ……と、その言葉をのど元で飲み込んだ。

「私ね、ここに来るまえに友人から、キノコは自分が見たいと思うものだけを見せてくれるって、言われたの。もし、あれが私の一番見たい世界だったのなら、私は自分を信頼できると思う。うまく言えないのだけど、私、自分を信じられなくなってたみたい。もしかしたら自分はひどく残酷で下劣な人間なのではないか……って、そう感じていたみたい」

「そう思いたくなる理由があったんだね」

「まあね。この数年、あまりにもいろんなことがあったから。兄が死んで、母が死んで、友達もたくさん死んだ。そして私は作家になって、のうのうと生きていて……」

「罪悪感みたいなもの？」

「それならかわいいけどね、生きていることへの優越感もあった。私は死んでない。生きている。もしかしたら選ばれた人間として……って。そして、そう思い上がっている自分のことを許せない自分がいる。その罪悪感。でも見て、この死者の祭りを……。私の悩みなんて頭でっかちの日本人のたわごとだよね。生きていることも、死んでいくことも、メキシコの人たちにとっては等しくすばらしいことなんだよね。死ぬことは、負けじゃないんだ」

「だからメキシコ人は、自殺しない」

また小さな女の子がやってきた。小悪魔の扮装《ふんそう》だ。小悪魔にキャンディーをあげた。甘い、極彩色の髑髏のキャンディー。


香ばしいパンの匂い。いつも市場の食べ物の匂いで目が覚める。

窓を開ける。外はすばらしい晴天。通りを行き交う褐色の人びと。ミントブルーやピンクの壁。今日は朝からミトラ遺跡に向かう予定だ。そして、信じられないことだけれど今日でオアハカの旅が終わる。私たち、明日はもうメキシコシティに移動する。この景色ともお別れだ。時はどんどん過ぎていく。絶対に止まらない。生きている限り時は進む。


「ミトラという言葉は、古代ナワトル語で死者の場所って意味なんだ」

「へえ……、なんだか怖いわね」

「十七世紀に、スペイン人の宣教師がやってきて地中からサポテカ族の王たちの墓を見つけたんだけどね、いっしょにあまりに多くの生《い》け贄《にえ》の死体が出てきたんで、恐ろしくなって封印してしまったらしいよ」

「生け贄……。生け贄ってどういう発想なのかしら。マヤ文明も生け贄の文化をもっていたわよね。メキシコではシャーマンが、病人の治療のためにネズミを使ったりするでしょ。ネズミに悪い気を吸い取らせて、ネズミを殺すことで病気を治すじゃない。ああいう発想って、私ちょっと怖いのよね。他の生命を自分の身代わりにするっていうか……」

「自分たちが理解できないからと言って、他国の文化を野蛮だと思うのは傲慢《ごうまん》だよ」

「わかってる……。だから、少しでも彼らの智恵を理解してみたいと思うの」

ミトラ……。死者の場所。

そして、竹田さんはミトラを「風の果ての場所」と呼んでいた。

「ミトラは風の果ての場所だ。あそこは強くて重い」

ミトラから戻ったら、すぐに竹田さんに電話しようと思う。どうしても日本に戻る前に会いたい。会わなければ一生後悔するような気がした。

ミトラは緻密《ちみつ》なモザイク模様で飾られた美しい遺跡だった。

強い陽射しの下、整備された遺跡内部を散策した。たくさんの観光客がいて、それぞれに遠い過去に思いを馳《は》せている。私は石の上に仰向《あおむ》けになって、そして空を眺めた。なんだか気が遠くなりそうだった。

遺跡を出て、町中を散策した。高い石段の上にある古びた教会に登った。

小さな教会だった。朽ちた木の十字架があるだけだった。その場所はとても風が強かった。ミトラの町がすべて見下ろせた。風に吹き飛ばされそうになりながら、山と、そして町を眺めた。怖かった。たしかにここは死者の場所かもしれない。そう思わせる雰囲気があった。ミトラから先は山と原野。風の果てだ。サポテカ族はなぜ、モンテ・アルバンを放棄してミトラにやって来たのだろう。ここはモンテ・アルバンよりもずっと冥府《めいふ》に近い。

みんなと合流するため、約束の時間に遺跡にもどる。遺跡のなかに教会があり、扉が開いていたので誘われるようになかに入った。

天井に広がる聖画の大伽藍《がらん》。キリストの像、そして青い衣を着たマリア像。そのまわりに灯《とも》る無数のキャンドル。とても冷たく、静かだった。私は教会のベンチに座って、揺れるキャンドルの灯を見つめた。赤や青のステンドグラスの器に入った蠟燭《ろうそく》は、色とりどりで美しかった。

メキシコでの出来事がめくるめく思い出された。

いったいこの旅で、私はなにを見つけたのだろう。なにかを得た気もするが、どんどんそれを忘れている。恐ろしいようだった。なぜ記憶を留《とど》めることができないのか。たぶん体験を言葉にできないからだ。

ふと、遠くから歌声が響いてきた。

カミナーレ……という歌だった。「罪人よ主イエスの後をついていきなさい……」そんな歌詞の賛美歌だ。この歌はキノコのセレモニーのときずっとシャーマンが歌ってくれたのだ。夢うつつのなかで優しく響いたこの歌にとても救われた。その、美しい歌声がどんどん近づいてくる。それも、一人や二人ではない。たくさんの人々が合唱している。

突然、教会の正門が音を立てて開いて、牧師を先頭に大勢の人たちが歌いながら入ってきた。それぞれに手に花をもっている。女の人は頭に黒ベールをかぶり、男たちは喪服だった。みな、歌を歌っている。カミナーレの歌。いつのまにか教会のなかは人でいっぱいになり、賛美歌の大合唱となった。

あまりに急だったので、状況がよく理解できなかった。

たぶん、誰かのお葬式が始まったのだ。私はそこに偶然に居合わせてしまったのだ。でも、とても偶然とは思えなかった。カミナーレの大合唱のなかで私は再び「あの感じ」につかまった。キノコの力を借りて、世界につかまったときの「あの感じ」。

あらゆるものが神々しく、世界は物語に充《み》ちていて、そして私を魅了する。教会の伽藍から無数の天使が見つめている。さあ、オマエはこれでも信じないのか……と。この世界にムダなことは一つもないのだ……と。まるで、その場にいるすべての人たちが私のために集り、そして歌ってくれているように感じた。津波のように感謝の気持ちがあふれ、ちっぽけな私を押し流す。

私の体験は単なる幻覚ではないのだ。あれは、私のなかに本来ある世界なのだ。安心していいんだ。私が望んでいる世界が、私によって実現されるだけ……。

死者の祭りのパレードで、通りは歩けないほどの人だかりだった。

サントドミンゴ教会まで、仮装した人たちが歌いながら踊りながら練り歩く。その人込みをかきわけながら、私はソカロのカフェに向かっていた。そこで、竹田さんが待っているはずだった。ものすごい喧騒《けんそう》。見知らぬ人が私の肩を叩《たた》く。みんなが笑っている。手を振っている。

カフェに入っていくと、竹田さんは一人でコロナビールを飲んでいた。あわてて髪を整えて、ブラウスの皺《しわ》の伸ばし、深呼吸してから席に近づく。

「遅くなりました……」

人懐こい笑顔が私を見る。差し伸べられた手をぎゅっと握る。暖かい手だった。

「オアハカの旅はどうでした？」

「とても、すばらしかったです。モンテ・アルバンもミトラも美しくて気持ちよい遺跡でした」

「いい経験をしたようですね」

「わかりますか？」

「はい。いい笑顔をしている」

こんなふうに永遠にこの人と話をしていたいと思う。そう思わせるのはなぜだろう。た

ぶん彼の聴く力だ。どうして、こんなにも自然に私の話を聴くことができるのだろう。私はどうだろう。竹田さんのように誰かの話を聴いているか……。いや、聴いていない。たぶんぜんぜん。

「遺跡では、なにか感じましたか？」

ビールを注文して、それから私は興奮していて一気にしゃべりだした。

「いろいろ感じました。オアハカはおっしゃるとおり、不思議な精気に充ちた土地でした。モンテ・アルバンでは美しい虹と夕日を見ました。ミトラでは、とても神秘的な体験をしました。そして、教えられたとおり、ミトラの街で出会ったおばあちゃんに、祭壇を見せてもらいました」

「どうでした？」

「びっくりしました。十畳くらいの大きな離れに、とても大きな美しい祭壇が飾られていました。そこには、三十個以上のパンが並べられ、あふれ返るほどの供物……果物、お菓子。そして、息苦しいほどの花が飾られていました。花を敷き詰め死者の道がありました。すべてのご先祖のために、死んでいった親族のために、惜しげもなく、たくさんの食べ物と花が飾られていました」

「そうです。それがメキシコの死者の祭りです」

「はい。死ぬのも、悪くないと思いました。そして、かつては日本でも同じように死者を祀《まつ》っていたことを思い出しました。メキシコと日本は実は似ています。でも、私たちは死者との付き合い方を忘れてしまったんです」

竹田さんはゆっくりとうなずいた。

「ミトラは死者の場所だと言われているが、それは後の時代の人間の考えだ」

「なんとなくわかります。死んだ人と生きている人は、近くにいるべきです」

「そうだね。そして生きている人間は精いっぱい楽しくあるべきだ」

「はい……」

パレードが戻ってきて、通りの歌声が店内に漏れてくる。

「明日、日本に戻るんです」

「日本人はせっかちだね。もっとゆっくり旅をすればいいのに」

「また来ます。必ず。メキシコが大好きになったので」

「それがいい」

「日本に戻ったら、メキシコで感じたことを書いてみようと思います。私が体験したことを、たくさんの人に伝えたいと思うから」

するとと竹田さんは、呆《あき》れたように首を振った。

「それがあなたの悪い癖だ」

「え？」

「あなたが、体験したことはあなただけのものだ。あなたの宝物だ。それを人に教えてはいけない。本当に大切なことは書いてはいけない。しゃべってもいけない。いいね。そのことを忘れてはいけない。あなたの体験はあなただけのもの。一番、重要なことは隠しておくんだよ」

「隠して……ですか？」

「そうだ。なんでもかんでも表現すればいいってもんじゃないんだ。自分の秘密をもちなさい。そしてそれを一生心にしまって、大切にしなさい。誰にも侵されることのない、自分をもちなさい。そうすればあなたはきっといい作家になる」

ものすごく大切なことを教えてもらった気がした。そうか……。私は誰にも侵されないために秘密をもてばいいのだ。それこそが、私のための呪術《じゅじゅつ》。それをいま伝授されたのだ。

「わかりました……」

「じゃあ、乾杯して、お別れしましょう」

私たちは、グラスを合わせて、それからビールを飲みほした。彼の口ひげに白い泡がついていた。それをゆっくりと指でぬぐうと立ち上がり、テーブルの上にメキシコのお札を置いた。

「あ、お金は私が……」

竹田さんは笑って手を振り、帽子をかぶると外の雑踏へと歩いて行った。そして、あっというまにパレードの人込みにまぎれて消えてしまった。

私の大切な人を飲み込んだまま、パレードは歌い踊り、大きな渦となって夜の街を埋め尽くす。

そしてたくさんの死者たちが、今夜、再び冥界《めいかい》に戻るらしい。

取り残された私は、ぼんやりとテーブルの上のビールグラスを眺めていた。もう空になったビールグラスのゆるやかな曲線。水滴。それらを見つめていたら「あの感じ」がやって来た。

そのグラスにはまだ竹田さんの波動があり、優しく、強く、私に語りかけていた。

そうだ、いつでも会えるのだ。生きていようが死んでいようが、願いさえすれば私たちはいつだって時を超えて出会うことができる。

それが、アミーゴってことだ。

あとがき　よい旅を！

みんな、読んでくれてありがとう。

どうです、メキシコに行きたくなったでしょう。旅はいいよ。なるべく一人でぶらぶらする旅をしたらいいと思う。私はそういう旅が好き。グループで行くときでも、できれば単独行動の時間を大切にしてほしい。

海外で一人って、怖いし不安なんだ。でも、怖いし不安な状態になったときに、自分のなかから引き出されてくる思いもかけない力ってのがある。知らない人に笑いかける力。友達をつくる力。慣れない外国語でしゃべる力。

自分のなかにあって、いつもは眠っている力を引っ張りだすいいチャンスだから、なるべく不安で孤独になったらいいと思うの。

大人は「若者は無謀だ」って言うかもしれないけれど、でも心細い気持ち、見知らぬ街で一人になって怖い気持ち、そういうことを知らない人がかえって無謀になる。怖れや不安を体験した人は、とても思慮深く、そして慎重です。最初から思慮深くて慎重な人なんて、いないと思うんだよね。

この本で私たちがメキシコを旅したのは2003年の秋です。その頃は治安は悪くありませんでした。とはいえ、私たちは危険なところはどこにも行かなかった。ふつうの人がふつうに暮らしている場所を旅しただけ。それでも、夜行バスはちょっと怖かったけどね。男の人たちは夜の街を一人歩きしたけれど、いちおう女である私は夜遅くに一人で街に出ることはなかった。必ず誰かといっしょ。夜は出歩かない。闇は怖いです。

世界情勢は刻々と変わっているから、もしかしたらこの本が出版されるときのメキシコは、私たちが旅した頃と違っているかもしれない。だから、必ず自分で確かめてください。メキシコは観光に力を入れていて、観光客の安全に国全体で気をつかっていたけれど、それでも悲惨な事件はあるようです。日本にいても完璧《かんぺき》な安全はないのだから同じこと。十分に下調べをして出かけてください。

メキシコシティの空港で、女の子のバックパッカーに出会った。メキシコは初めてで、海岸づたいに中米を旅する予定だと言っていた。スペイン語もしゃべれなくて一人旅なんて勇気があるな〜と思った。若い女性のバックパッカーは多くなったね。メキシコは女性が旅してもとても楽しい国だと思う。特にオアハカ周辺は街が美しいし、おみやげ物もかわいい。ホテルもきれい。彼女はどうしたかな。いい旅ができたかな。私たちとホテルの前で別れたときの不安げな表情が忘れられない。でも、あれが旅なんだよ。途方にくれるところからすべてが始まる。そういう体験って、決まり切った日々の生活ではできないよね。

どうかみなさん、よい旅を。
いつかどこかの見知らぬ国の街角で会いましょう。

田口ランディ

「最初の一歩」メヒコ秘話座談会

A：方向音痴ガイドアキラ。大：傷だらけのカメラマン大将。タ：ゆるゆる編集者タッキー。

A「オラ、アミーゴス！　今日はうるさい女番長がいないから、野郎三人で盛りあがろうぜ。僕とランディのメヒコへの熱い想いは本文にたっぷり詰めこんじゃったんで、名脇役である大将とタッキーにメヒコ秘話みたいなもんを訊《き》きたいな」

大「秘話っていうか、不思議議話なんだけど、虫を出すシャーマンの息子に投げられて肋骨《ろっこつ》を折っちゃったよね。そんでアキラさんに連れられてオアハカの病院でエックス線写真撮ったらかなりヒビがはいってたのに、翌日モンテ・アルバンの遺跡行ったらきれいに治っちゃった」

A「竹田先生が言ってたよね、オアハカにくると、健康な人はおかしくなって、病気の人は治るって」

大「でもさ、わずか一日で骨折が治るなんてことが実際に自分の体に起こってみると驚くよ。これもメヒコ・マジックだね」

タ「ぼくは超能力とかあんま信じてなかったんですけど、テレパシーが使えた自分にびっくりしましたよ。キノコのセッションがはじまって一時間後くらいかな、アキラさんが無言のままグアーって泣きだしたでしょ。あっ、お父さんがきてるなって感じたんです」

A「おお、たしかに死んだ親父のことを急に思いだしてうれし泣きしたのは一時間後くらいかも。テレパシーって言ってたけど、それって見えるの？」

タ「いや、感じるって言うか、他人の考えを自分で想像してるっていうのとはちがう、確信みたいなものがすうっとはいってくるんです。アキラさんが聴いてるラジオ番組に周波数が合うような感じですね。最初ランディさんが内臓みたいなドロドロした世界でとまどっているイメージや大将が苦しみながらもみんなに感謝してる気持ちがまるで自分の感情のように実感できたんです」

大「そうそう、はじめ胃がかあーっと熱くなって苦しんでたら、なんにも言わないのにイネスが横たわらせてくれるし、パブリートが背中をさすってくれる。まだしっかりしてる三人に申し訳ないなと思って見たら、みんな虹色《にじいろ》のオーラみたいなもんに包まれてんの。三人とも目をつぶっていたのに、いいよ大将、ゆっくり休んでって言ってるように感じた。そこでおもしろいのは、自分の視点が空中からうずくまっている自分を見おろしていて、自分も虹色に輝いていた」

タ「それって、幽体離脱ですね！」

大「そういう神秘体験って言うより、日本の忙しい日常で封印していた想いがあふれてくるの。イネスやパブリートやいっしょに旅してきた仲間たちに守られている。今まで自分ががんばらなくちゃって肩にはいってた力がぬけて、疲れたら休みなさい、自分のままでいていいよって。自分と関わってくれるすべての人に腹の底からありがとうって言いたくなったよ」

タ「たぶん旅もサイケデリック体験もそれ自体が神やら悟りやらの目的じゃなくて、もともと自分のなかに眠っている宝を掘り起こすための鍵《かぎ》にしかすぎないんじゃないんですか」

A「タッキー、たまにはいいこと言うじゃん、ほんとにたまにだけどな。もちろん宝は誰の無意識にも眠ってるんだ。メヒコは言葉も通じないし、価値観もまったくちがうし、ビビって当然だけど、宝探しの旅に出る最初の一歩は本人が意識して踏みださないとはじまんないよね」

タ「みなさん、ガイドブックのない旅を！」

A「なに自己弁護してんだよ」

アメリカ合衆国
MEXICO
メキシコ湾
メキシコシティ
ウアウトラ
オアハカ
太平洋
グアテマラ

オラ！メヒコ

田口《たぐち》ランディ/AKIRA《アキラ》

角川文庫 13840

平成十七年六月二十五日　初版発行

発行者——田口惠司

発行所——株式会社角川書店
東京都千代田区富士見二—十三—三
電話　編集(〇三)三二三八—八五五五
　　　営業(〇三)三二三八—八五二一
〒一〇二—八一七七
振替〇〇一三〇—九—一九五二〇八

印刷所——旭印刷　製本所——コオトブックライン

装幀者——杉浦康平

本書の無断複写・複製・転載を禁じます。

落丁・乱丁本はご面倒でも小社受注センター読者係にお送りください。送料は小社負担でお取り替えいたします。

定価はカバーに明記してあります。

©Randy TAGUCHI 2005, AKIRA 2005　Printed in Japan

た 50-2　ISBN4-04-375302-0　C0195